TOKYO • MY PAINTING WAY

東京·我的畫畫之路

美保實踐夢想的日本五年奮鬥記

畫裡和人生裡的不斷找尋

去日本之前看過一本書叫作《日本之路》。攝影師小林紀晴從日本最南方的島嶼開始，旅行到最北方的國境，為一路遇見的人們拍照，並訪問他們的夢想。我也有一幅畫叫「東京之路」（P.16），雖然畫的時候有點懵懵懂懂，也許那時我早已明白，攝影師用照片記錄他的旅程，我的人生旅程則是必須要用畫來顯影。

邊走邊畫中，就像攝影師在旅程中遇見了許多人，也會遇見新的自己一樣。我從自己的畫裡，也不斷地在看見這五年的點點滴滴，被畫在心裡的時空風景。有時候它好像是自己的鏡子，有時候卻又如此陌生……

只是想一想，為什麼昨天的自己畫不出來，今天卻畫出來了？會不會有一天又會突然畫不出來？在昨天與今天之間，我改變了什麼？以及那些「從來都沒改變過的事」，許許多多的故事和體認，都找尋與成長的旅程，也是我想要和大家分享的寶藏。

回到五年前我出發的原點，只是因為「每個人都有過的空虛」這樣地簡單和平凡。我飛到了日本，在那裡穿越了旅行森林、層層疊疊地畫起了夢想的天空。所有的親身經歷都像是一層層的階梯，沒有踩過上一階，就沒有現在腳下的立足之地。

也許有人會覺得很抽象，而且對很多人來說，走在彩虹上或許是一件看起來很像笨蛋的行為。但是「很難的事不代表做不到」、「不在眼前也不代表不存在」。如果您願意的話，就請看完這本書再回來看這「寫在前面的序」吧！希望到那時會有更多人相信，那矗立在遠方雲朵上、看似虛幻的彩虹是真實存在的。若能因此出現更多座彩虹那就更好了！

那麼現在就讓我們一起搭乘時光機，來聽美保說故事吧。

CONTENTS
目錄

卷3 在找尋的時候

卷4 找自己的路

卷1 找一件做一輩子也不會膩的事

Looking for
something that
isn't tired of
doing it.

一個人去東京

二〇〇八年春天，我跟當時工作的老闆提出辭呈，理由是要去日本念書。

「為了去日本念書辭職！妳會日文嗎？」老闆問。

「嗯，不太會耶……」我說。

「什麼！妳就這樣去日本！」我永遠記得眼前的中年人下巴好像快掉下來的表情。

愈發靠近出發的前夕，不安和不真實感就愈發地強烈。走在每天都會經過的街道，環視這熟悉的一切，一想到當蟬聲開始喧鬧的時候，自己就不存在於這城市了，光想像都覺得很虛幻。初夏的空氣裡腦子也恍恍惚惚的，把存了一年的積蓄匯往日本，預繳學費後看著存簿上可憐的數字，散盡家財的感覺更是飄渺之至……一切已經無法回頭了！於是緊接著一步步處理好所有的赴日程序，二〇〇八年的六月即將結束之前，我啟程飛往東京。

那是我第一次去東京，第一次一個人出國。緊張到還沒見到要來送機朋友，就衝進了海關……

時間回到更早的之前，那時我已經在出版社做了三年的美術編輯。

大學應用美術系畢業後在一家規模不小的出版社工作。以平面設計業來說，算是難得地上下班時間固定的工作。同事相處融洽、薪水也還過得去，自己也滿珍惜這份工作的。公司的老闆抱持著教育理念在做出版業，對於員工的培訓也頗為重視，除了相關的技術課程之外也有關於生活態度、生涯規劃等課程。老闆有時還會親自授課呢。

猶記得在一堂以美編部門為對象的課裡，老闆說：「你們不要以為自己只是設計小小的一個封面，想想看印製成五千本的書，如果排成一面牆，那是多麼大的廣告牆啊！所以請不要輕視自己手頭上的小小工作。」雖然我那時的主要工作內容是內頁排版而不是封面設計，卻十分認同這樣的態度，不管是什麼工作，只要抱持著信念在做，都非常值得讓人尊敬。

但是第二年之後，卻開始覺得生活中和工作上都「找不到可以說服自己的目標」，因此為了「找尋那個目標」，工作之餘我上過長笛課、直排輪班和美髮課……也試過從板橋走上光復橋到二二八公園再走回家，試著用不同的速度，去看平常的風景，企圖讓自己從一些哲學式行為中思考人生的答案……也許這題目真的太大了，又也許我只是「吃飽太閒」了吧！可是油然而生的迷惘與空虛感卻又是那麼真實，而且不斷地來襲……最後我拉著一位大學同學，兩個女生給二十四歲的自己規劃了一趟十七天的大陸自由行。

那年是二〇〇五年，大陸開始發展不久，每個人都跟我說：「妳們這樣很危險」、「我實在無法理解妳們的行為」、「妳受得了一條溝廁所嗎？而且沒有門喔」、甚至有人熱心借出綁在肚子上的錢包……行前主管對我說：「那妳就去轉換一下心情，補充一下能量吧」，結果我的確得到了能量，雖然覺得很對不起主管的心意，回來後我還是辭職了。

那是我的第一次出走，明白了人生也許永遠沒有答案這件事，但是我們要有勇氣去聽內心的聲音……

辭職之後現實壓力馬上迎面而來，不是來自於經濟上（那時的存款還夠），而是周遭親人給予的社會壓力，老爸問我說：「妳是不是在公司被欺負了不敢說？」親戚在我面前對小孩說：「千萬不可以學畫畫喔，不然會變得跟姐姐一樣。」我無法理解為什麼停下來思考和調整一下人生有這麼的大逆不道？就像他們無法理解好好的一份工作為什麼要辭職一樣，兩邊是無解的平行時空。無數個想不出未來要怎麼辦而失眠的夜晚，面對巨大的徬徨，我都告訴自己「這可能就是所謂的忍辱負重吧！」即便目前連那個「重」是什麼？都還不是很清楚。

這時有另一位大學同學，在出國留學前夕約我一起騎腳踏車環島。於是二〇〇六年的十月，練習曲都還沒上路，「有些事現在不做，以後就不會做了」的事就被我們先做了！

記得一個有趣的橋段是：某天當天色已黑，我們卻騎到荒山野嶺找不到民宿……「咦！為什麼妳沒有阻止我？通常這種時候我的朋友都會拉住我！」前方單車上的同學猛然地轉過頭來問我。

SORANI 2010　　多年後出現在作品裡的‧回憶的腳踏車

「我要是會阻止妳就不會跟妳來環島了啦！」面對突如其來的問題，我反射式丟出了理所當然的絕妙回答。

「說的也是吼！」夜空裡除了蘆葦叢窸窸窣窣的聲音之外，我好像還從那認命地往前騎的背影，聽見了同學的喃喃自語。

由此可知我一直是個危機意識偏低的人吧，才會時不時地偏離正常軌道，因而面臨不知如何是好的窘境。後來我們終於找到了山裡面的民宿，邊玩邊騎還邊休息的結果，是花了二十三天才回到台北的家。

騎到北海岸時，到面對著太平洋的小派出所裡裝水喝，親切的原住民警察伯伯對我們說：「在家躺著看電視不是很好嗎？幹嘛沒事找事做？快把腳踏車寄到車站，然後坐車回家，沒有人會發現的啦，妳們要是我女兒的話我就打死妳！」他見我們裝瘋賣傻地沒反應，就一直跳針似地不斷地重覆著，前後應該有講十次吧！難為了伯伯的「苦口婆心大相勸」，但是：「現在要我們轉頭回家也太糗了吧！」

後來每當騎得汗如雨下又灰頭土臉時，腦中總會縈繞起伯伯的：「在家躺著看電視不是很好嗎？……」也不禁認真的覺得：「以後要珍惜人模人樣的城市生活，優雅地走在路上或坐在車裡是多麼幸福的一件事啊！」我本人雖然不算是嚮往城市派，卻也因此發現不管城市還是鄉村，生活中很多小小的、或原本理所當然的事情，其實都應該要被感謝和好好珍惜的。

之後就在我準備面對現實，再次投入職場的前夕……

「老妹，要不要試著去日本念書看看？」去日本出差三個月回來的哥哥問我。

大概是老媽一直跟他唸我待業的事情，所以哥哥也以自己的想法推薦了一個選項。「這也太突然了吧！我不知道要去念什麼？」雖然這樣回覆著，並且馬上找了份新工作，但是去日本念書這個念頭，卻植入了心裡，不知不覺間發芽了。

我想等新工作上手之後，也許到時候又會陷入同樣的困境……步履至此，我把對自己的觀察放進了思考裡。設計工作上，我也感受到了自己的界限，想要找到更想做的事情，想要發現人生更多的可能性……

這時眼前的「去日本」這顆被丟出的石頭，指引了一個新的方向，也許不一定會有想要的答案，但是凡事都得要試過了才知道不是嗎？

「適應新工作、為去日本存錢」於是我找到了可以讓自己信服的短期目標了！不再覺得「不知道自己在幹嘛!?」有了目標，生活變得踏實，因為目光注視著遠方，工作上遇到不如意的事也能高ＥＱ地克服過去。

一年之後萬事皆備，語言學校和宿舍都確定了，簽證、機票也到手了，心裡還惴惴不安地想著：「我真的可以去日本嗎？」但一切都已經是箭在弦上勢在必行了！而「始作俑者」我的哥哥，直到我快出發前，才知道看起來每天老老實實上班的妹妹要去東京念書——「什麼！妳下個月要去日本！」表情怎麼跟我老闆一樣好像下巴快要掉下來了，哈哈！

也許有些宿命論，現在想起來二十六歲前的不管是空虛、出走、彷徨、流浪，都是促成我去日本的力量，總是要出發的！我的日本之路。

TOKYO'S WAY 2010
以「東京之路」為名的作品(私人收藏)

Storm cloud
TOKYO

語言學校／我在日本的實家

二〇〇八年六月底的東京，天氣還是涼涼的。從已經很濕熱的台灣突然置身在不穿外套還會冷的東京，透過細微的毛細孔，不可思議又真切地感受到了「自己在地球裡真的移動了好些距離」所帶來的轉變……

「不要小看東京的夏天喔，到了七月一日，天氣就會正式熱起來！」新生訓練時，語言學校的理事長在致辭時這麼說著。

「真有那麼神奇?!」台下的新生們都半信半疑著。

結果果然如傳說中的日本人般「超級準時」，七月一日那一天，彷彿有人扭轉了喀鏘響的計時開關，東京牌大烤箱被正式啟動，那一場瞬間籠罩天地的燥熱，實在是讓人很想求饒，真的很想對理事長說：「小看東京夏天的我們知道錯了……」

我就讀的語言學校是位在距離新宿只有一站的——韓國町大久保。它是個街道中韓國人比日本人還多的熱鬧的小鎮，講小鎮可能有點奇怪，畢竟它離高樓林立的新宿非常近，但是它的確給我一種town的感覺。

每天上課從大久保車站走到學校途中，會經過中央總武線的電車天橋下，那裡總是有位披披掛掛一身的流浪漢，聽說大家都叫他濟公。濟公真的很濟公！總是懶洋洋地單手托腮，斜躺在路邊地上納涼。每次經過他身邊時，我總覺得他就要搓一搓身上黑黑的污垢，然後彈一彈手指變出什麼戲法來玩弄路人。濟公還是個才華洋溢的流浪漢，狹窄的天橋下通道有著他各式各樣炊具，還有他的書法與繪畫作品呢。有朋友說，看過日本濟公在吃鳳梨酥，我想這應該是哪位台灣留學生的可愛溫情吧。

剛入語言學校的新生，都要依據在本國時由代辦舉行的考試成績，以及到日本之後與校長先生的口試，來決定日語程度分班。我雖然近乎完全不懂日文，但是出國前的一年之間還是多少有自學一下，所以我設定的目標是初級二。

在等待和校長先生一對一的口試時，遇到一位眉清目秀的高雄女生。她說她只背了五十音就飛來日本了。看著她充滿惶恐的眼神，「至少我還有自己看完了《大家說日語》的十五課咧！」內心默默這樣想著。但結果卻是我被分到從五十音開始的初級一，那位高雄女生可是比我高一階的初級二。「這是怎麼回事？不是說只會五十音嗎？難不成原來別人的謙虛我當真啊……」

不過這令我有點挫敗的結果，事後卻算是因禍得福。因為雖說是初級班，其實班上很多韓國同學的日文程度已經很不錯了，他們自願想回頭打好基礎。因此老師們教得很快，五十音只帶我們念了兩遍，三個月就把一般在台灣要學半年的課程衝鋒似地達陣了。本以為屈就了的班級，事實上我卻總是追趕得很費力，「居然以為可以上初級二！」真是暗暗地為自己的不自量力捏了一把冷汗！

從初級班開始還有一個好處，就是大家都是剛到日本，有一份難以言喻的革命情感。像一群剛落地的日本初生兒，大家一起拿到外國人登錄證（注：在日本的外國人身分證）、一起辦手機、開銀行戶頭，一起睜大眼睛觀察日本人，體驗日本生活裡滿滿新鮮有趣的事情……跨越了國籍、年紀、以及各自的人生閱歷，彼此相互照顧，

語言學校時期為了即將要回國的同學畫的肖像畫紀念留言板
（右上第一張給香港同學的標題還寫錯了，女生應該是「靚女」，「靚仔」是指帥哥的意思）

共同擁有一段奢侈的人生長假。即使天下無不散的宴席，每個人最後還是要回到自己從前的世界，很難再相見，但是我們永遠都會是彼此散落在世界各地的一把鑰匙，往凹槽裡轉一下音樂盒就會被打開，流淌出令人懷念的日本回憶。

我很喜歡日劇裡常常出現的情節設定：來自不同職業背景的各個角色，每個人都有各自鮮明的個性特色，又或者曾經認為世上只有自己孤獨一人。情節卻同樣在團體認同的部分諸多著墨（最經典的例子就是木村拓哉與松隆子主演的「Hero」），當大家一起認真地完成一件事，成就感便把這些特質殊異的角色凝聚在一起。

對已是青春尾巴到極限的二十七歲來說，曾經的幻滅也不少，已經可以抱持著凡事可遇不可求的「輕老成」心態時，卻在日本感受到一種很靠近青春的團體歸屬感，像殘夏九月裡的仙女棒，因為夏天的結束有些淡淡哀傷，卻也淡淡慶幸的感覺。

除了同學，語言學校裡的老師和職員們也是個個臥虎藏龍。

還沒到日本前，負責處理台灣留學生事務的遠藤先生，就曾經從日本用流利又無口音的中文打電話到家鄉金門，跟老爸確認簽證申請文件中的細節；初級班時的美女導師中村老師，一張天使臉孔講話卻很犀利，就是能把學生管得服服貼貼的。記得她用帶動唱教我們背動詞五段變化（注：初級日文文法中最難的一部份。）時，從十七歲到三十好幾的各國學生，瞬間返老還童變成了聯合國小學生合唱團；善良的岩崎老師，上課時居然要把自己手上唯一的課本讓給忘記帶的學生（本人我）。身型高瘦的他手長腳長，有著寬大的肩膀，說話時總會無意識地不停聳肩，如果將他全身塗成粉紅色再加條長尾巴的話，真的很像頑皮豹。我們都叫他跳跳虎，他的太太是韓國人，聽說他年輕時曾經到南極工作過呢。

還有紙片人佐山老師，她俐落的短髮，虎虎生風的手勢與口氣，只有帥氣兩個字可以形容，不管為人還是教學都能讓人感覺到她的快意人生，據說她在學校當了十八年的客座老師，就是不想當學校的正式職員（老師），真是太有個性了啦！相較之下，好好先生的佐藤事務員，則是那種會讓人忍不住想小小欺負他一下的類型。在我使盡全力無辜眼神的攻勢下，他在我申請美術學校時，委屈地簽下了在日保證人的名字。這種就連台灣的事務員都恐而避之的事情，非親非故的日本

某個夏天和同學在井之頭公園裡玩的線香（仙女棒）

人卻願意幫忙，真的是太感謝他了；一定要提的還有滿頭白髮、臉頰紅通通長得像聖誕老公公的理事長，每年都會在畢業典禮上流下他慈祥的眼淚（真的是淚流滿面那種喔！）……

小小的一間語言學校，那裡有很多真性情的日本人和優秀的教師。畢業後和我變成好朋友的小川老師說，當日本語教師其實待遇並不好，畢業後選擇進入企業的她的大學同學們，現在薪水都是她的好幾倍，但是她就是喜歡這樣的工作。每每得到學生的消息，知道他們留在日本過得開心或發展得不錯，她都會覺得很欣慰很有成就感。

這裡是日本最早張開雙臂歡迎與接待我的地方，在日本舉目無親的外國人（我）永遠的實家。（注：實家意指老家或娘家。）

此外，還有因為爛日文而發生不計其數的糗事。

座位在我後面的韓國同學，有一回聽寫測驗居然像神人般地考了滿分。

「你不是紅蘿蔔吧？」我對她說，隨即看到一張滿頭霧水的韓國臉，接著聽到旁邊台灣式的哄堂大笑。

其實我想要對她說的是：「妳不是人類吧？」嗚嗚。（注：日文的「人類」漢字是「人間」，「紅蘿蔔」是「人參」，對我來說它們的發音真的很像……）

還有一次，我不小心忘了拿走提款機的錢就走出便利商店，當想起折返回去時，剛好遇到警衛正在補充新鈔。我用破日文跟便利商店的店員解釋原由之後，店員請我用提款機旁邊的電話跟銀行進行確認。

姓名與地址等個人資料都確認完畢，電話那頭銀行的小姐說：「最後，請把電話交給旁邊的警衛就可以了。」

「警衛?!是什麼？」這單字還沒學過，我怎麼都聽不懂。

銀行員繼續說：「請把電話轉給警衛聽。」

「給誰聽？警衛是什麼？」

「警衛就是警——衛——」銀行小姐似乎快抓狂了但又手足無措中。

「請問警衛是什麼？請問我到底應該如何是好？」我也沒有辦法啊，哎！

「到底應該如何是好？」剛好是早上課堂學到的句子，真沒想到這麼快就派上用場！我現學現用拚命重覆了好幾次。後來想想，電話那頭應該頭冒白煙地內心吶喊著；「我才是那個不知道到底該如何是好的人吧！」

如此鬼打牆下去也不是辦法，我只好向警衛求救：「請問一下，警衛是什麼？」結果就這樣誤打誤撞地，終於完成了銀行小姐的指示，警衛先生說我可以離開了。

又或者是去餐廳想點豆芽菜來了一堆豆腐、買了衣服要換卻跟店員說：「不好意思我後天買了這件衣服想要換……」（我不是從未來世界來的，我只是把前天和後天搞錯了）……

大多數的日本人就只會日文，所以他們一急起來，也只能飆出更多我聽不懂的日文而已。想起好幾位被我弄瘋的日本人，真是辛苦他們了。

內心深處湧出想畫畫的渴望／東京美術學校見學記

要進日本的專門學校就讀，留學生的日語程度大部分只需要檢定二級合格即可。學校的網頁上大多都可以直接預約見學（注：入學體驗）。屆時由專人帶領參觀學校的環境設備、解說相關事項，或者有些學校會舉辦見學體驗會，例如料理學校的料理實作課（當然自己可以享用自己的成品）、或是設計學校真的讓學員設計一件T恤帶回家等等。

語言學校畢業前夕，我也面臨了選擇的十字路口。那時很多同學都回國了。有的人本來就是設定以「考到一級」和「一段留學過水履歷」為目標去日本，達成了就離開；也有人瀟灑的揮一揮衣袖說「我再也不想被當成外人了」，就回去自己的國家……一次次的離別，每當天空有飛機劃過時，總覺得心裡也像被什麼輕輕劃過般地忍不住悵然。

在我的日本號電車裡，乘客有最初一同上車的同學、短暫同走過一段路的同學，現在許多人下車了，看來這路口是是個分水嶺啊！而我懵懵懂懂地還是想再看看自己能不能到更遠的地方。人生也許沒有第二次像這樣的機會了？雖然目的地未知，再前進一些吧！

這時我想起了自己深埋許久的渴望——想動手畫畫。從小要說和其他人有些什麼不一樣，也就只有畫畫了，雖然只是會把課本畫得滿滿的，或被常派去參加壁報比賽之類的程度而已。身為公務員的父母認為：「女孩子家只要安安穩穩地找個工作然後嫁人就好了」，我自己也從來沒有認真的想過當個畫家或考美術系。

高中參加美術社，當老師和同學聊著術科考試的事情時，我卻說：「為什麼不能就只是開心的畫畫就好了呢？」老師當然是想要幫助學生面對當下的現實，但是我就是不想要為了讓畫畫成為將來的生計，而讓它變成一件討厭的事情。

大學考上了免考術科的應用美術系，接受了四年基礎美術和應用教育，畢業後順理成章地做起平面設計的工作，漸漸地就不太動筆畫了。原以為捍衛了畫畫的純

粹，不知怎麼地卻畫不出來了，即使在工作倦怠期想要畫點什麼的時候，都有種好像想說卻說不出來，如哽在喉的感覺，那時的畫畫對我來說，也許變成了一種最痛苦的救贖……

現在那支畫筆，它像魔法掃帚般地開始蠢蠢欲動！推著我的背和同樣想上美術學校的韓國金同學一起，探訪了東京的三間美術、設計專門學校。

1．日本デザイナー学院（澀谷）：這是一間氣氛很活潑的學校，可能跟它座落在澀谷有一些關係吧。學生很多，看來年紀都很輕，到處都充滿了青春活力。雖然學校有一定的歷史，設備和就職輔導也滿完善的感覺，但是我和金同學總覺得有種格格不入的感覺，也許是我們倆那時都已經超過二十五歲了吧（淚），而且光是澀谷那可怕的大十字路口，就讓我們狂打退堂鼓了。

2．東京モード學園（新宿）：去過新宿車站附近的人，應該都會對西口附近的一棟梭型鳥巢般的建築物有印象。原來裡面有三間專門學校，最上層的幾樓就是東京モード學園。學校內部也和大樓的外表一樣時尚，設有時尚化妝、服裝設計等學科，頂樓除了是景觀絕佳的觀景處之外，有時候還會被當成作品發表的伸展台，聽說還有請傑尼斯的堂本剛到學校演講過呢。

去見學的感覺就像去觀光一樣愉快，只是選擇將來的學校又是另外一回事了，要是每天都得這麼「時尚」的話真讓人壓力有點大，我和金同學都同感：「自己似乎並不屬於這裡」。

3. **武蔵野美術學園（吉祥寺）**：和金同學在美術雜誌上偶然發現它的廣告。武蔵野這三個字有種奇異的魔力，加上位置又剛好位在我最愛的吉祥寺附近，學費相對於其他學校又破天荒的便宜。由於它「先天的好條件」，我們去見學了兩次。第一印象是學生不多，很安靜，電腦教室裡滿滿新的大螢幕蘋果電腦，設備很不錯。第二次見學時，校方還特地為我們引見了韓國籍學姐給金同學、以及新加坡籍的學長給我，讓我們能以母語向他們諮詢。

新加坡的學長說：「這間學校最大的優點就是自由，妳可以有很多時間畫自己的畫。」的確，我最大的目地就是希望自己可以「畫起來」，而這裡的環境似乎也滿適合的……那就決定就是它了吧！我選擇的是插畫科。另外金同學第一次見學之後就很果決地說她決定了要念這間學校，她選擇的是設計科。

日本デザイナー学院
http://www.ndg.ac.jp/
年學費約140萬日幣

東京モード學園
http://www.mode.ac.jp/
年學費約170萬日幣

武蔵野美術學園
http://gakuen.musabi.ac.jp/
年學費約60萬日幣

入學後在學校正在做設計作業的金同學

卷2 找自己的畫

Looking for my painting

即將深入敵陣／關於武藏野美術學園

「記得進門前和離開前一定要先說——失禮了（失礼します），其他的對話用ます型（注：日文文法中比較慎重與禮貌的用法）就可以了。」在前往學校面試的路上，有過面試經驗的同學在電話中對我耳提面命……

到了學校，瘸腳地行了日本的禮節後，一派從容的大澤先生坐在桌子對面，桌上放的是我帶來的作品集。

他隨意翻了一下，前後大概不超過二十秒。一副沒有太大興趣的樣子。

「基本上入學沒有什麼問題喔，妳還有問題想問的嗎？」大澤先生輕快地說著。眼前這個看起好像有點嚴肅、卻總是帶著似笑非笑促狹般表情的日本人，實在是讓人有點摸不著頭緒。

「當對方問妳有沒有什麼問題時，即使答案其實是沒有時，最好還是要提出一兩個問題比較好。這樣對方才會感受妳的認真與彼此的交流感喔！」我想起了語言學校的老師在模擬面試的課堂練習時有這樣說過。

「呃……雖然入學申請表上我填寫的是希望進入專門課程，那是因為考量到在台灣時已經念過美術相關科系了，只是其實那是比較偏重應用取向的科系，我總覺得自己在美術方面的基礎功並沒有很扎實，請問我可以偶爾去上基礎的課程嗎？」與其說是絞盡腦汁、急中生智丟出來的問題，後來想想，其實人往往在愈緊繃的時候愈容易說出自己真正的想法，即使當下我完全沒有考慮到這個看似即興的發問，會帶來什麼樣的改變與影響。

「這樣啊，那我建議妳還是從基礎的課程學起吧，這樣上起課來可能會比較順利。」也許大澤先生看了我的作品集之後覺得這傢伙根本就是一個插畫門外漢、又或許他擔心我的日文程度一下子跟不上專門的課程吧。

這下本來以為是「為問而問」的問題，居然讓我「降級」了！

情節展開太出乎意料之外，我有點傻住了，思緒翻飛進了語言學校分班時似曾相似的回憶，同時不由自主地唯唯諾諾接受了大澤先生的建議。

就這樣我變成了插畫科基礎班的第1號學生。

和新同學第一次見面，是在開學前不久的新生訓練。雖然前一晚因為即將面對全是日本人的陌生環境而整夜翻來覆去緊張得無法入眠，等到真正見了面時，發現同學們雖然維持著一貫日式的禮儀和距離，但都很親切和友善。講台上老師說著重要的注意事項，有的同學怕我聽不懂，還會慢慢地幫我再解說一次。

學校的課程分成早上和下午，以一個月或兩個月為週期。例如四月的早上都是壓克力顏料插畫課，下午都是基礎素描課。到了五月課程結束之後，會再發新的講義，由新的專門老師進行新的課程。每星期一或三為指導日（即老師會出現的日子），其他時間就在學校裡自行執行課堂作業，只會有學科的副手（類似助教）會出現點名。

平成22年度　武蔵野美術学園授業内容表

授業名	Illustrator基礎	区分	イラストレーション コース　基礎課程　[必修]	回数	8 (4)
担当者	望月清晴　先生	期間	5月10日(月)　～　6月1日(火)　午前	教室	324

概要及び目的	イラストレーション、デザインツールとして最も広く使われているIllustratorの基本操作を学習する。 また、課題1（基礎演習）、課題2（リズムの表現）の制作を通し基礎的な造形訓練をする。 ・デジタルコンテンツの紹介 ・Illustratorの使われ方の現状 ・イラスト、デザインに求められること ・Illustratorの入門 ・ベクトルデータとビットマップデータの違い ・画像、テキストデータの扱い方（Photoshopとの連携）
課題	Illustratorの基本操作を学習しながら課題（リズムの表現）の制作

授業計画

回	日付	指導日等	授業内容
1	05/10(月)	指導日	前提講義　ツールの説明①　課題説明
2	05/11(火)		課題制作
3	05/17(月)		↓
4	05/18(火)	指導日	ツールの説明②
5	05/24(月)		課題制作
6	05/25(火)	指導日	課題進捗確認　　プリントアウト
7	05/31(月)		プリントアウト
8	06/01(火)	指導日	講評

教材・資料等	学生	研究室
	授業内にて説明 ・各自、制作に必要な素材 ・構成案（ラフスケッチ等） オブジェクト ↓	・フォーマット2種類 ・過去の参考作品 ・プリンターの準備（A3　用紙の説明） ・共有モニタの準備
備考	クリッピングマスク（作成）	

shift + command + 3 → 全安
～　+ 4 → 局部

武蔵野美術学園研究室

課程開始前都會收到的學校講義之一

每三個月會有一次作品審查會，學生在講台上發表關於作品的創作理念，老師們會坐在台下提出評論意見或指導和互相討論。

這種課程分配方式跟以前在大學時完全不一樣，實際體驗之後我覺得這樣更貼近真正的創作。一來創作的形態是分「時期」而不是「時段」的，一段好好結束了，才會開始新的，如果課程也是以同樣的進行方式的話，學生比較能集中心思創作，不被同時進行瑣碎的課業分食掉集中力。二來創作本來就是孤獨的，但有時又需要交流分享和接受指導，轉換之間正好在指導日和非指導日之間取得平衡。

指導日之外的上學就像去工作室一樣自由輕鬆，有些人就是會當老師不在時才會畫得比較起勁，沒想法時可以去陽台曬曬太陽吹吹風，有想法或卡住時再等指導日跟老師請教。老師和學生之間多了一些緩衝空間，實際上反而常常帶來許多驚喜。對學校來說可以節省經費用來增添硬體設備之類的、對學生來說學費便宜但是學校的環境並不差、對老師來說正好可以和自己的創作時間做調配，可以說是三方面各取所需，聰明經濟又實用的制度！

畫出來的這什麼東西啊/壓克力顏料基礎插畫課

大迫綠老師是我在見學時就印象深刻的老師。清秀可愛的外表下卻有一種不怒而威的氣質，她和大澤先生是插畫學科的兩大台柱。兩位老師常常在作品審查會上當場明顯地意見不合，但是又維持著微妙的和平。

學期一開始就是大迫綠老師的壓克力顏料基礎插畫課程。首先她簡單介紹了壓克力顏料的樹脂特性，而且隨著水份比例變化還可以畫出類水彩或類油畫的效果，是一種十分便利又變化多端的顏料。（注：壓克力顏料應該算是目前日本插畫界最常被使用的繪材了吧！）接著她說：「那麼就請大家就以手邊的壓克丿顏料為題目吧！」先給大家看學長姐們的作品，然後請大家開始構思草稿，再和老師討論。

接著老師示範了轉印草稿的技法。這樣的手法（詳見P.40示範圖）可以從原本亂七八糟的草稿中描繪轉印出乾淨又俐落的線條。我後來在一些雜誌書籍中也發現到相關的介紹，可見其普遍性。不過在台灣大家好像都是畫好之後再用橡皮擦整

1 首先請沒有壓力地繪製草圖吧。

2 接著鋪上半透明描圖紙，在描圖紙上整理、描繪出篤定的線條。

3 接著翻到描圖紙背面用軟蕊鉛筆反覆塗畫剛才描上草稿線的部分。

4 再將描圖紙翻回正面，暫時將其固定於正式的畫紙上後，用筆芯偏硬和細的原子筆或鉛筆再一次描繪。(此時為便於分辨畫過了的線條，可以選用有顏色的簽字筆。)

5 翻開描圖紙後就可以發現，背面鉛筆的碳粉被轉印到畫紙上了。

理線條的方法，其實那樣真的很容易把紙張弄得髒髒的。用描圖紙轉印草稿雖然動作有點繁複，但細緻的程度確實是有差別的。雖然我後期發展出自己的畫法是不打草稿直接畫，所以不會用到這種手法，不過我還是一直記得那時心裡的驚嘆：「果然是日本人耶！怎麼以前都沒想到可以這樣做呢？」

完成了轉印草稿後，上色時我卻怎麼畫都不滿意，因為我是那種無法一開始就定好全盤計畫，又或者早在腦中想像好完成畫面的人（想想不管是畫畫或人生我好像都是這樣……），於是好不容易得到的乾淨草稿線，居然都被自己紛亂思緒下胡亂塗上的顏料給蓋掉了！還有遇到最大的問題就是：調的顏色總是會不夠用。新調的顏色因些微的比例差距就是會不太一樣，我的背景顏色就這樣換來換去，大迫綠老師看得眼睛都花了。

「同學妳到底要用那一個顏色！想好再畫不要再浪費顏料了！」本以為會聽到這樣的話，沒想到老師卻說：「蔡同學是具有徹底決心和勇氣的人啊！」那一瞬間，

雖然當下對眼前的作品仍然怎麼畫都不滿意，但卻莫名有了種：「現在也許還不行，但是總有一天我應該也可以畫出一幅好畫吧！」的信心，也因此覺得自己是

有被老師認真地關注著的……

後來每當畫畫時，常常只要一個轉念而至，即使是畫了三、四天的作品，我都能果決地塗上顏料蓋掉重畫，我想或許就是因為最初綠老師那一句話的緣故吧。

最後勉勉強強完成的作品「壓克力三兄弟」，總而言之就是一件差強人意的無趣之作。雖然學期剛開始，老師的評語很溫柔，但已在台灣念過美術相關科系、當過設計師的我，從基礎念起應算是降級，第一份作業應該要一鳴驚人的啊！結果怎麼會是這樣？

揣著心裡的挫折感，在班級的作品分享時，有兩位十九歲女同學的畫作吸引了我的目光。用破破日文一問之下，其中一位雙親都是設計師，另一位高中時代是美術社的成員，都是已經畫畫好一陣子的人了。只要習慣了畫畫這件事，就自然而然會在紙張上表現出該有的層次。雖然後來我才知道，有時候這是一件好事，但是有的時候也會成為阻礙。

對我來說，這堂失敗的第一步，讓我認清了自己「真的是是初級生」的事實，意識到「畫畫和設計並不一樣，快點丟掉無謂的包袱吧！」那一刻，自己才好像突然變成了一塊海棉，並且看見了前方廣闊無際的海洋。

Acryl 3 brother 2010
「畫出這什麼東西啊!」的壓克力3兄弟

用以前的想法就錯了／基礎電腦插畫課

日本人普遍依賴手機，他們的電腦基礎能力不佳的程度，有時是會讓人嚇一大跳的。尤其是手繪國度的人民，很多都覺得電腦是遙遠的異世界啊。不過日本的平面設計也算是世界數一數二的，厲害的人當然不少。從純粹手繪到電腦高手，這兩者間不可思議的極端程度，也讓我覺得「好日本啊！」但我想不管何者展現出來的，都是在某個領域做到的「專業」，其實還滿羨慕這樣「專才」而非「通才」的社會。

對軟體不熟悉的手殘感，似乎讓大部分的日本同學在上課時痛苦萬分的樣子，但我對這些軟體已經很熟悉了，為什麼一開始我也很苦惱呢？……

指導老師是位戴著黑框眼鏡，十足設計人模樣，但是並不讓人覺得難親近的帥氣光頭大叔。課堂一開始，他先問大家：「想要成為插畫家的請舉手。」講台下氣氛沉沉鴉雀無聲，大概只有一兩位同學舉手吧，我不小心作勢抓了一下頭，還被

聽太多日文放空時，在講義背後畫起了光頭老師的肖像

老師靈敏地發現「噢！原來有的同學只是頭有點癢啊」。「那不想成為插畫家的請舉手。」老師再問大家。但是鴉雀們依然默不作聲，最後他忍不住請當時班上唯一的男同學秋山君起立。

「請問兩個問題都不舉手，是抱持著什麼樣的想法呢？」

「是想先學習再看看，還沒有很明確的決定。」秋山君如是說。

「原來如此，看來大家都是一樣的。」應該是那一刻很多人的共同內心O.S.吧。

另外即使同學們大多是電腦門外漢，光頭老師也並沒有從頭一項項地教起繪圖軟體的工具列。他只是大概示範了幾個重要的tool之後就發作業題了。

我那時的日文破，老師的話大概只能吃力地聽懂一半，所以很多時候常常要察顏觀色，胡亂猜測自行理解。

作業題是兩張老師事先做好的表格檔案。一張是音樂的表現，這還滿好理解的，但是另一張我有就有點迷惘了（P.48上圖）。表格的左邊是分別是線條、圖型、面和線、顏色、透明度的五格，然後右邊則是摹寫和地圖兩個大格。

不知道為什麼我下意識就覺得左邊五個小格裡的元素最後必須「實際被應用」在右下格的大地圖裡。因此當別的同學為了不習慣軟體的「手殘感」而卡住的時候，我是被「實用情結」圈禁了好一陣子，無論怎麼做都覺得很無趣，不滿意。

卡了好幾堂課後，有一天我不小心瞄到了同學的螢幕，才發現「根本不需要什麼實用」、「也不需要關聯」。只要從老師給的文字裡去自由發揮即可！光頭老師希望我們「玩」軟體。（這也是我的個人理解啦，不過我想應該就是這樣吧！）

突然之間，沉睡的玩心就都復活了。

以前電腦本來就是工作上再熟悉不過的戰友，只是原來不為了什麼去創作，即使是用電腦也可以「玩」得如此快樂！

最後完成作業（P.48）的輪流分享時，老師帶著全班同學圍到了我的電腦前面……

「妳使用這些軟體多久了呢？」光頭老師單刀直入地問我。

「呃……我不知道耶，好像無法計算。」其實是我聽不懂老師的問題，只好打起馬虎眼。這時腦細胞正在傾全力地猜測著剛才的問題，急中生智中我補了一句：

「以前是用這些軟體工作的。」

「難怪可以如此游刃有餘啊……請各位同學仔細看看，蔡桑的優點就是……」這是老師一大串的講評中，我唯一聽得懂的片段，所以到現在我還是不知道：「老師當初到底說了我什麼優點啊？」

直到下課鐘響起了之後，這樣的雞同鴨講還持續了好一陣子。雖然幾乎語言不通，我依然可以從老師「賞識的行為」，和同學崇拜的目光中，感受到了讓人愉快的好評價。

一堂原以為「反正我都已經會了」的課程，卻解放了我的思想局限，明白了創作不管是用什麼樣的媒材或工具，只要能從其中找到自由，便能找到快樂，並且將會透過作品傳遞出去……

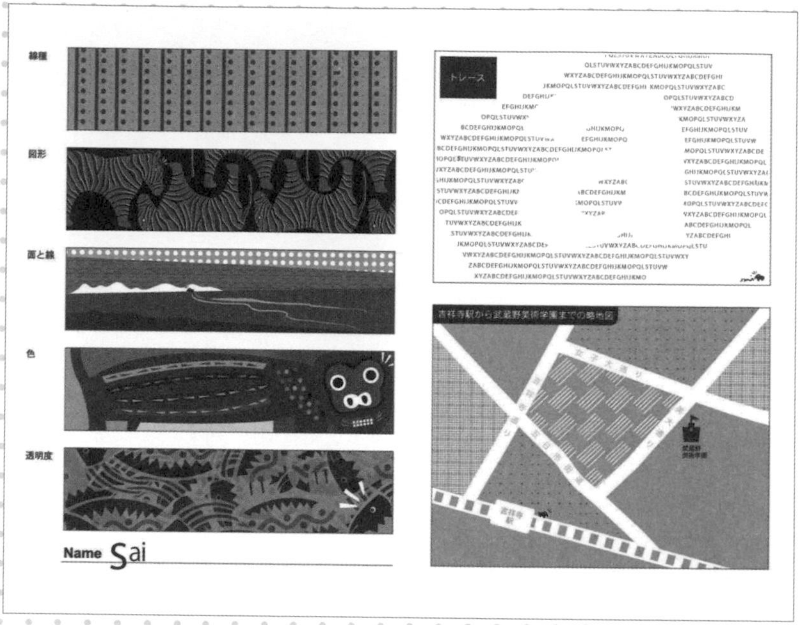

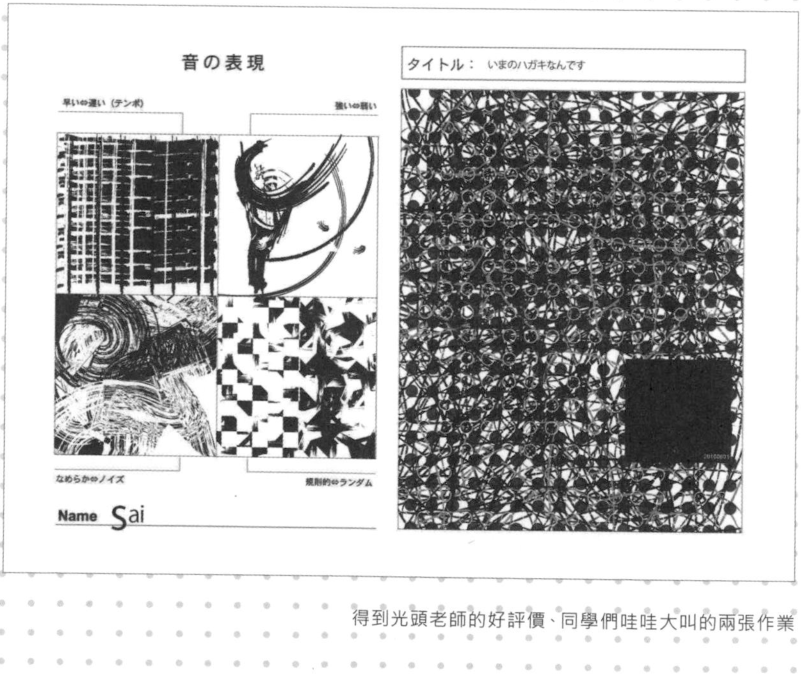

得到光頭老師的好評價、同學們哇哇大叫的兩張作業

凡事不能只靠眼睛/基礎素描課程

素描課程的老師是位溫文儒雅的老好先生，加上日本人本來說話就比較含蓄，這位老師對作品最差的評論是：「這幅畫並不壞喔。」不過因為他從來沒有說過任何負面的話，所以我就自行轉換老師的意思應該是「這幅畫真是不怎麼樣啊」。

日本人這種曖昧的表達方式，舉例來說，有次我去神社抽了張籤，籤文裡的古文太難懂了，於是我看上頭有寫個「吉」字就先把籤帶回家了。後來發生了一些不如意的事情，整理包包時又發現那張籤，仔細研究之下才發現，籤文裡描述的事情根本一點都不「吉」……

原來日本有些神社是沒有「凶」籤的！跟老師的字典裡沒有「壞」這個字一樣。所以「不壞」即表示是「壞」，末吉就是代表凶的意思。

人生不可能「只有吉卻無凶」，學生也不可能每個人都畫得很好，神明和老師真正的意思，看來都需要自我翻譯一下才能了解。因此往後去神社求籤時，我都會煩著巫女或神子（注：在神社工作修行的年輕人）幫我解籤，有次神子小哥急了，就直接拿出一張「籤等級表」（沒想到日本的神社居然有準備這種東西！）給我這囉哩八唆的外國人看，「咦！這神社還有凶和大凶，那我的吉就是真的吉啦！」我才開開心心地把籤帶回家。

回到課堂上，要畫炭筆素描人體模特兒之前，老師先發了一張人體骨骼和肌肉分布圖的講義。「不是有真人可以看？又不是生物課還是健康教育課，幹嘛給我這個？」才瞄兩眼，我就不知道把講義丟到哪裡去了。雖然看到同學一邊觀察著模特兒，一邊對照骨骼肌肉的講義畫，但是我還是照著自己「眼見為憑」的老方法著手。可是不知怎麼地，畫出來的人體就是很「平面」，果然被老好先生說了：「這畫並不壞喔」，不過他又說：「但是我們可以更追求一下肌肉力與美的感覺」，老師真的很認真地「盡其所能」地指導我。

從老好先生口中能聽到的最高評語是：「妳自己應該也覺得很有成就感吧。」得到這份殊榮的同學，是一位跟我同年的氣質美女文子同學，先前的壓克力顏料插畫課時，她的表現也很優異。

因為新生訓練時的座位很近，文子、夏美和真知是和我常常中午一起吃飯聊天的日本新朋友。其中文子最早跟我交換手機號碼，記得當時真是讓我有點受寵若驚的感覺啊！

後來聊天時知道了一些文子的事情，原來她的雙親因為嚮往山林，而搬到了奈良的山裡生活。文子十九歲時，以「感覺會體驗到些什麼」為理由來到了東京。她玩過音樂當過婚禮歌手，後來邂逅了一個男生，二十三歲就結婚了，嫁紗還是媽媽親手縫製的。但一年之後，某天她突然覺得「自己的人生應該不是這樣的……」，於是離了婚回到老家奈良。幾年後，她跟弟弟再次上京（注：日本人稱外地人到東京打拚為上京，真有幾分趕考的感覺啊），姊弟倆一起住在許多流浪藝術家聚集的小鎮——下北澤，在那裡租了間「一到夏天的夜晚，躺在房間裡就能看到窗外遠方迷你煙火」的小公寓。她從插畫學校再次出發，而弟弟立志當個演員。

真像是場日本電影般的人生啊！主角居然是自己身邊的朋友，真是太不可思議了！

老好先生正在認真地評比大家的作品

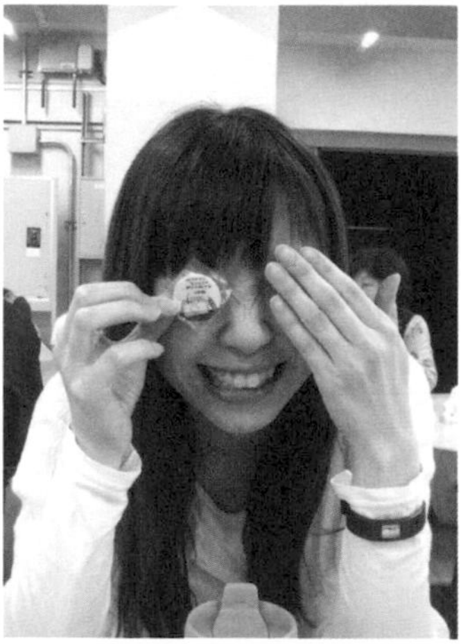

左：文子同學。右：喜歡看少女漫畫的真知同學把我和文子也變成她的漫畫世界裡的美少女了呵呵！(後來文子把一頭長髮剪成時髦短髮了)

文子後來轉而去上別的攝影學校。再聯絡上時，她已經在做攝影助理的工作了。我覺得她是位擁有著天生藝術才華的女孩，一些向她討教過的畫畫上的問題，總是讓我在好一陣子後才發現，「啊！這不就是文子過去跟我講過的技巧嗎？」

由衷地希望，有一天文子可以大力地綻放屬於自己的光芒。

回到文子同學的炭筆素描作品，那是幅十足展現女性豐腴體態的人體素描。「妳自己應該也覺得很有成就感吧」，當之無愧！不管那模特兒是不是真有這麼美，重點是畫作傳達出來的美感，不僅僅是用眼睛去看，還得配合「看不見的肌膚底下，這裡就是會有一塊肌肉，那裡該表現骨頭感覺……」那時我才知道，早被亂丟的「人體透視講義」竟是一張多麼重要的「藍圖」啊！

最後課程快結束前，有位同學的畫上突然莫名其妙出現了一顆騰空的蘋果，沒有人說什麼或去問那位同學，但我相信大家都有注意到了。「這是那一招哇？」我雖有些困惑但覺得也還滿妙的。後來我不小心在副手辦公室聽到，去交回點名簿的老好先生跟副手嘟喃著：「跟你說，某某同學居然畫了一顆蘋果!!!」

簡化過的理論才好消化吸收／色彩學課程

日本的節目或出版物很喜歡做圖表，把複雜的事情用簡單可愛的圖表簡化，讓人一看就懂，我認為那背後都是一種為了想讓人了解的溫柔。

日文有個詞叫「思いやり」，意思是為對方著想，又或者站在對方的角度設想，並由於這份心意而去做些努力。這和嘩眾取寵又或一味迎合，在心態上是根本的不同，反之有些人愛班門弄斧把事情說得很複雜，不管是不是言之有物，但若沒有好好思考「該怎麼說、怎麼表達？別人會比較容易了解」，只會埋怨這世界沒人懂我，其實這從來就不是世界的義務啊！

雖然話是這麼說，我自己也常常為表達能力而苦惱，但也因此我總是非常感謝可以並願意，把事情說得簡單易懂的人。

大學時也修過色彩學，教科書裡各種不同系統的色彩理論「不拉不拉」……畢業

色彩學的作業之一
——方塊塗色習作

就還給老師了。我覺得（至少是我感受到的），日本教育和台灣教育最大的不同在於——「台灣教育一直致力於填充給學生一大堆很難的事；而日本的老師卻是不厭其煩地讓學生體會一些很簡單的道理」。

課堂上老師讓我們用三種顏色調出整個色環。黃、桃紅、藍，分別先塗在〇度、一二〇度和二四〇度位置的圈圈裡，然後再逐個依比例融合填滿所有的小圈圈，一張基本的色環表就出現了。然後由上而下的顏色明度（亮暗程度），也會剛好由高而低。就是這樣簡單地讓人一下子就明白了其中的基本概念。之後老師大概就是帶我們做一些顏色的遊戲，例如同色系但明度差異大的顏色放在一起，可以讓人有種規律感等等。

顏色與人們的生活環境、行為、經驗存在著關係和定律。但是我們只要知道「喔！原來是存在著很多定律的」，全部記住並沒有太大的意義。況且用腦記的東西不如「用手或用眼睛去記」。培養敏銳的手感和色感，其實還是要靠日常的多觀察，和多畫畫。

在畫畫現場，所有的定律都必須潛移默化於感性及理性中，以便即刻反應，經驗能幫助作畫者應付每一個未知的突發狀況變化，能不能得到完美演出的一張畫，當然還有很多的天時地利人合等等因素。

雜亂的創作現場裡，那張色彩學最基礎的一張實作講義一直被貼在某個地方。

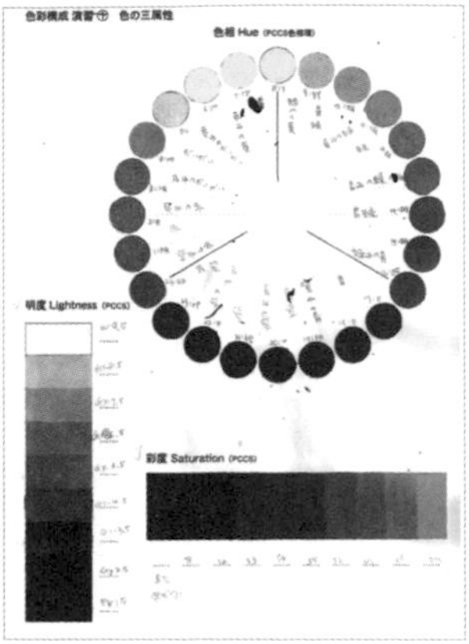

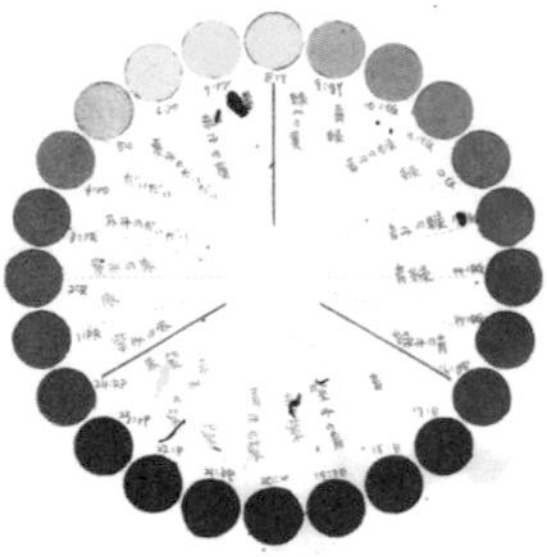

用 3 個顏色調出來的色環，把它黑白影印之後，明度排序隨即一目了然

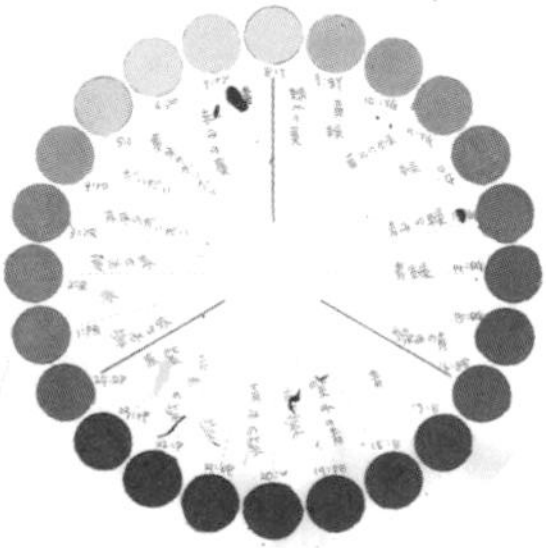

創作這條路的極極極短篇／模仿與創新課程

這堂課的指導老師留著一頭清爽短髮，時常穿著連帽外套，是個看起來總是一派輕鬆的鄰家大姐。課程的題目是：請分別臨摹三位你喜歡的藝術家或作品，加上自己的創作，還要整體看起來要是一個全新作品。

我選了奈良美智，莫迪尼亞尼，和俄羅斯的繪本大耳猴。

「那麼就請大家輪流上台做個簡短的報告吧。」身為一號的我，理所當然地被推上了講台。

「別緊張，總是要練習一下在人前發表啊！」老師鼓勵著被嚇到一臉呆滯的我。

拿著手頭上僅有的資料，我連他們的名字的日文發音都不知道，只能比手畫腳地在講台上胡言亂語了起來：「因為這位作家，不拉不拉不拉……所以我很喜歡……」硬著頭皮扯著破日文，大半在講什麼我自己也不是很清楚，便趕快裝瘋

賣傻地下台一鞠躬，忙亂中好像瞥見了，老師和同學們個個都用表情複在說：「奇怪這個人講的好像是日語，但是為什麼我是日本人卻聽不懂呢？」其實除了當時日語程度的關係，就算是以母語中文發表，這也是我不是很擅長的一部分。後來每當有愈來愈多類似的場合時機時，我都再再地了解到自己所缺乏的口才和公關才能，真的是很重要啊！

課堂上所有的同學都發表完畢了，「那麼大家可以開始動手畫畫囉！」老師說。

我的構想是把畫面切割成像漫畫般的方塊，在各自的方塊裡模仿這三位作家作品裡的主人翁，最後一格再畫上自己的原創角色。用厚重塗抹的仿油畫畫法去經營統一感，企圖讓人感覺到這些角色是在同一個故事裡。

模仿總是輕鬆愉快地（更何況是名正言順的模仿），我啪啪啪地一下子三格就畫好了。剩下自己那一格時，手中的筆突然變得彷彿千斤重，我卡住了！

「就大膽地畫下去啊！」鄰家大姐不斷催促我動筆。

但是那感覺像是還沒買好菜就要叫我上桌般，真是讓人苦惱啊。畫自己的畫其實是一件很難的事情耶！於是被逼急了的我發明了一種：「明知道自己還沒有自信，但是也只能硬著頭皮的自信！」……既然還畫不出自己的畫，索性就來畫自己吧！最後的框框裡，我畫了五歲時候頭頂西瓜皮的自己，完成了一幅迷惘得很誠實的作品。

迷惘期代表作──煙（夠迷惘了吧！）

原來我也能想故事／漫畫課程

這堂課之前我從來沒有想過自己有一天會畫漫畫！有些日本同學想來也是和我一樣的吧，好多人選擇性地翹課了。不過班上也是有以當漫畫家為目標的同學，後來和我很要好的甫坂同學就說，她的夢想是：「成為像井上雄彥般，已經跨越漫畫的漫畫家！」

雖然對漫畫沒有太大的熱情，但是和日本的同學們不一樣的是：我是好不容易才來日本念書的，我才不要翹課呢！於是抱持著姑且一試的心情，我開始構想起了人生的第一個故事。

沒有別的想法就從日常生活裡取材吧。我想到了我家阿胖，牠是哥哥養的西施犬。牠的個性很跩，偶爾還會「狗仗人勢」地欺負我，不過回想起從前在台北待業的時光裡，每天早上家人們去上班之後，牠總是會跳到茶几上大吼大叫地要我出來陪牠玩，否則牠就決計不從茶几上下來。可偏偏我就是又拗又「吃軟不吃硬！」

阿胖的茶几現行犯現場

於是這場「人狗的幼稚意志力大戰」，常常最後的場面是，阿胖既委曲又偏執地窩在茶几上整個早上，而我等到自己想和牠玩時，才以「勝利者」的姿態數落牠：「你不是很會叫嗎？」同時好氣又好笑地抱下這隻驕傲的小狗。

課堂上老師簡單地介紹了一些技法後，我很快開始著手畫阿胖的漫畫，也許是因為對阿胖的感情，也許是創作的魔力，畫到深處時真的會忍不住跟著阿胖一起有了喜怒哀樂，對著紙張表情時而微笑時候爆怒，要是不知情的旁人發現的話，一定會覺得遇到了瘋子真可怕！

我想起以前看過一本小說的作者序，作家說深夜裡被自己小說裡的人物叫起來寫故事，雖然很累，但是也很快樂。現在的我，好像也可以理解了。

我的漫畫處女作——「阿胖的一天」和「阿胖的美食生活」評價平平，但是創作的箇中滋味，還有發現自己意外可能性的喜悅，才是我最大的收穫。阿胖要我跟大家說：「真的真的，在努力測試自己一番之前，請不要輕易放棄自己任何的無限可能喔！」

「阿胖的一日」：阿胖每天都上演一樣的戲碼——早晨的鬼叫、中午的日光浴、和晚上把臉埋在狗盆裡吃晚餐完全無視下班回家的主人⋯⋯

「阿胖的美食生活」：阿胖無所不吃，雖然最愛的是狗骨頭，但是其實得不到的永遠是最好的——那就是趁主人不注意時好不容易偷來卻打不開的零食！可惡啊！

不細密的人也可以畫細密畫／細密畫課程

從小常被說「粗心大意」的我，也自認並不是小心慬慎的類型，所以我的畫也從未想過要走慢工出細活的路線。這樣的我在細密畫這堂課，居然被老師誇獎了！這是怎麼一回事呢？

指導老師是位感覺比女生還要巧手心細的智慧型先生。他帶來了自己被雜誌揭載以及其他名家的細密畫作品。和同學分享過之後，老師說：「那麼這堂課我會帶著各位同學，完成兩份不同技法的細密畫作業。」

第一份作業——細針貝殼畫。每個人拿到兩塊特殊的黑色厚紙板，和一根特製細針。在老師的協助與指導下，大夥把自己的自動鉛筆芯換上了細針，「那麼就請大家試著隨意在手上的黑紙板上畫畫，感受一下觸感吧！」老師說。

一條條細密的白線與其說是被畫出來的，比較接近是被刮出來的，針與紙張間的

摩擦阻力比平時用鉛筆畫畫時來得大，有點像從前大學時刻壓克力版畫的感覺。接著老師拿出了一堆貝殼讓同學們自行選擇，「請大家將手上的貝殼反白素描在黑紙板上。」

仔細觀察貝殼的細微紋路，先在自己的素描本上試畫一次之後，就可以「下筆（針）」了。平常在紙上素描，是畫愈多筆那個地方就愈暗。但是在黑色的板子上畫（刻）白線，畫（刻）愈多的地方就會愈亮。我簡直要錯亂了！

於是我提醒自己不要心急，不要下手太重畫得太多，然後即時收手。黑色紙板上便躍然而出一塊小巧細緻的貝殼，好神奇好好玩喔！不過一位平常畫風細膩的同學，卻意外地表現不好，從她的黑色紙板上有些破碎的貝殼，就看得出主人畫畫時，一時無法調適黑白顛倒的慌亂……

第二份作業是「春、夏、秋、冬、白天、黑夜」任選一為主題，自由發揮畫細密畫。剛剛那位在黑紙板上畫得不順手的同學，這時馬上彷彿結束外太空的流浪，終於踏上地球的土地般地，以原本擅長的畫風得到了老師的好評。

我的人生第一張細密畫——貝殼

至於我呢，畫了一幅自認為盡了全力的細密畫，沒想到老師卻說：「這是幅好作品，我個人也滿喜歡的，但這好像不屬於細密畫耶……」不過他還是給我打了不錯的分數，另外意外地還有同學跑來請教我是怎麼畫的，而它也成為後來我個人畫展裡，最早完成的作品。

Night 2010
細密畫課堂上完成的作品‧劇場舞台上演出的粉紅色之夜

一堂社會體驗計畫／電腦手繪混合技法課程

電腦再怎麼便利，也無法像手繪一樣，讓人感受到溫度。如何靈活運用兩者為作品加分，是這一門課程的主要教學課題。

「互動式動物園」是大澤老師在研究室和副手們討論了許久之後才決定的題目。老師要我們創造出一個前所未有的幻想動物，並為它設計互動式動物園，最後呈現在一張B2的繪畫作品上。

剛開始是提案時間，在幾分演練現實殘酷社會的氣氛下，大澤先生飛快地對所有同學的提案一一否決。我的「Mr.UFO」也被他以「早就出現過類似的角色」退回。提案不能通過就無法執行下一個步驟，課程進度也陷入膠著，乾脆不來上課的同學愈來愈多。有過工作經驗的我不是不明白老師的心意，但是總是會在心裡嘀咕著：「我看到時候進度要怎麼辦？」

某一天大澤老師突然把大家從電腦教室帶到了繪畫教室，帶著大家用各式各樣的媒材和手法做了好多的圖案背景，例如用類似去光水的溶劑拓印印刷物，尤其拼拼貼貼轉印英文報紙，可以得到很時髦的背景圖案；又或者隨興地用很多顏色暈染就能產生夢幻效果……做好背景圖案之後，請副手掃描成檔案供大家使用。

藉著示範這樣的作業手法，大澤老師想傳達給我們，運用手邊的媒材可以製作個人的素材資料庫便於應用於作品上。但是老師可能沒有想到，那堂滿身油墨和化學溶劑味的「背景圖案實驗課」，卻讓我意外地打開了一扇窗！

只要舉一反三地讓不管是水溶或油性顏料愉快地交相化學變化，在紙張畫布上呈現的層次感會讓作品加分很多！而一旦完成了背景，我就會好像有強迫症地不由自主「自動」去完成它。我發現這樣的創作方式似乎非常地適合自己！（同時期下午的細密畫作品——夜，就是這樣子被畫出來的。）

不過回到電腦教室，課題還是僵在那裡。人類千百年來都從大自然與動物界中觀察模仿，要創造一個無中生有的動物談何容易啊！雖然我對於「Mr. UFO」被退回的理由不是很服氣：「他們明明就是前所未見的」（到現在還是頑固地這樣覺得），但是心裡默默有種：「我要跟你拚了！」的感覺。

某天下課回家後，為了作業腦筋打結的我，決定到電視機前面休息一下。也許是緊繃的神經突然放鬆所釋出的能量，這時靈光悄悄一閃，怪模怪樣的「Mr. BODO」就在我的速寫本上誕生了！

那是一隻有著三雙手，一對心型尾巴，全身覆毛，眼神呆滯，額頭光亮，不知道是什麼的生物。

「這下總行了吧！」為了好好地讓「Mr. BODO」出道，在老師沒有要求之外，我就把用紙黏土做的模型帶到學校準備提案，果然嚇傻了大澤老師……

「妳好閒喔！」老師目瞪口呆但又嘴硬地說，但他似乎頗肯定「Mr. BODO」的原創性，我也終於得以開始接下來的進度啦。

這是可以完整觀察 Mr.BODO 的互動式動物園的意示圖海報

作業進度嚴重落後，很多同學提案沒辦法通過，但是大澤老師卻開始進行下一步了。原來他是故意讓大家進度落後，這時候神奇的電腦就該出場了！

平常畫一張B2大小的作品，至少需要兩個星期，但是在大澤先生的指導下，掃描速寫本裡的草稿進電腦處理，把草稿和之前做好的背景在Photoshop加工後，其半成品再用學校的大圖輸出機直接印在B2圖畫紙上，接著再加個幾筆加強手繪感，只需要兩天，作業就可以交出來了！

我想這應該是大澤先生對這堂課程「精心設計的節奏」吧！而藉著這樣的「起承轉合」，除了考驗學生遇到難關時的「反應能力」，老師同時也一邊觀察著我們的「時間管理能力」。因為不管將來進入社會要從事什麼工作，這兩項能力都真的非常非常的重要。

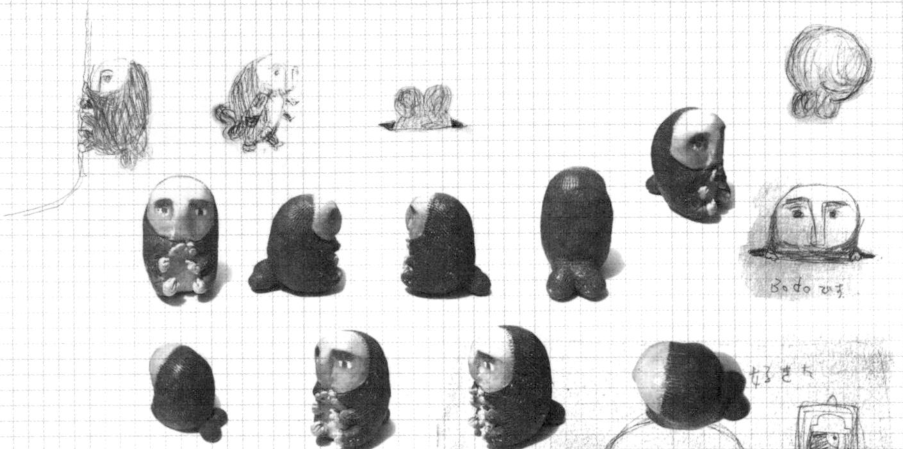

Mr.BODO 是生存在地底下的獨居動物，生性害羞以致一生無法與其同類相見，但是他們可以靠心電感應互相溝通。他們智商極高，聰明到永遠都在發呆，以灰塵為主食，對人類是有益的動物。

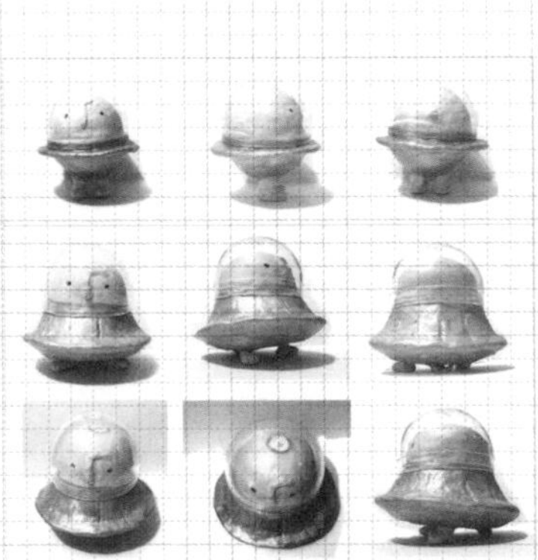

the world upon your shoulders.

UFO brother 原本生存在外太空的宇宙，因為想要創造自己的星球而來到地球觀摩見習。習慣了真空的他們，來到地球如果不帶上太空帽臉會被空氣擠扁，另外雙腳是他們模仿人類演化而來的。

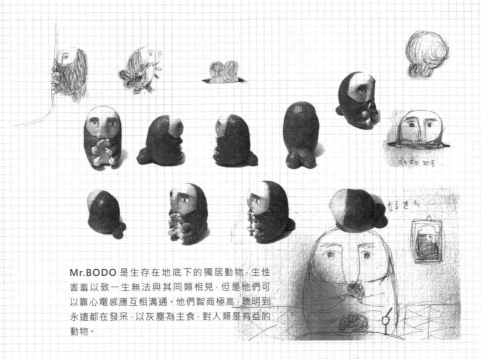

轉換氣氛玩陶藝

學期中之後，下午的課程出現了陶藝課。有些同學覺得滿錯愕的，我倒覺得可以轉換一下心情，躍躍欲試著。

指導老師在學園裡算是滿年輕的老師，卻聽說在業界已經小有名氣了。第一堂課他穿著沾滿陶土的工作吊帶褲，像個年輕版的超級瑪莉。「請大家自由發揮，想做什麼就什麼吧」，老師說。

下午四點下課前的十分鐘，陶藝教室的大講桌上擺滿了同學們的作品，裡頭出現了：陶水餃、陶壽司、陶巧克力、還有像小孩子捏的——我的陶大象……我也不知道大家是肚子餓了嗎？不然為什麼出現這麼多「食物」？不過秋山君的陶巧克力倒是做得非常地栩栩如生，我想包上包裝紙後應該可以拿去惡作劇吧，哈哈！

可是吊帶褲老師好像有些傻眼了，那表情讓我想起了從前大學時選修的塑造課，當我用蠟捏了一個「盆栽」時，老師的「啞口無言」。現在教室裡因為老師的靜默，大家卻好像都聽到了，老師的內心在說：「這……這是要叫我從何評論起啊？」

幾秒後老師恢復了鎮定，同桌的夏美同學的陶壽司第一個被評論：「嗯，這就是是剛拿到黏土的人做出來的……」其實老師講得沒錯，我們本來就是初學者，但也許對日本人來說，這樣的評論有些太嚴苛了。甜美的夏美桑臉色變得不太對勁。

輪到我的作品被評論時，「跟剛剛的同學（夏美桑）是一樣的程度。」老師說。「喔，這樣啊……」不知道是天生的神經大條還是厚臉皮，我真沒什麼太大的感覺。

第二次上課，老師從遊牧民族、農業民族講起了人類的發展。為什麼會有陶藝，是因為奠基在安定的農耕生活之下（遊牧民族很難帶著沉重的陶器跑來跑去），人們想讓生活更便利的慾望。接著老師問：「同學們想要做些可以用的東西嗎？」

讓我訝異和有點感動的是，這是為了讓我們自發性地想要做有用器具的一番話，並不是規定。所以我很服氣並且自然而然地想做些實用的東西。

被老師問到時，我說：「我想要做可以打開與蓋上的盒子。」沒有想到就這樣被我問到一個有趣的技術，雖說玩過陶藝的朋友應該早就知道了，還是在這裡稍做說明一下好了。簡單地說就是捏好盒子的整個方塊之後（當然其他形狀也可以），用鐵線水平切開剖面，然後挖空各自的內部。這樣被切開的上半部就會變成蓋子，而下半部就會是個容器，記得在蓋合處抹上白粉，讓窯燒時不致於密合就可以了。

於是我做了各式各樣的小陶盒，有幾個因為白粉抹得不夠多，燒製好了之後盒子居然「打不開」!!只好拿來當書鎮用。其中還有一個比較大的陶盒，我想到可以用鐵線剖出個流線型的斷面，如此一來就不用再特地做卡損，盒子和蓋子也可以緊緊固定住。連老師都沒有想到也可以這樣「玩」的陶盒，雖然外型依然很像小孩子的作品，最後卻得到了不錯的評價喲。

獨一無二的·美保手做種子陶盒（私人收藏）

日本的裝丁職人文化／製本課程（手工書）

日本有一種專門職業，稱之為「裝丁家」。出版社或雜誌也常常舉辦「裝丁畫徵選比賽」。裝丁畫簡而言之，就是一幅以當成書本封面為前提，預先考慮到書名Layout、副標文案、書摺等等而畫的畫作。通常比賽規則都會明列「請以某某小說或某某文學名著的書本封面為設定」，附上相關文字資料和尺寸，然後再請大家創作出令人耳目一新的作品來吧。

我常看的插畫雜誌《illustration》有一回揭載了一篇，關於自我推銷了兩百次的插畫家日記。那位插畫家寄出無數本的作品集、打了無數通的電話，才終於得到了幾次可以面對面向編輯大人介紹自己作品的機會，而真正能得到工作又是那幾次中的寥寥幾次了。在那無數通的電話中，就有些是打給有名裝丁家們請求意見的。由此可見裝丁這門專業在日本有其一定的地位。

這些都是畢業之後，由於想在日本經營畫畫事業，才努力去了解的日本大環境。

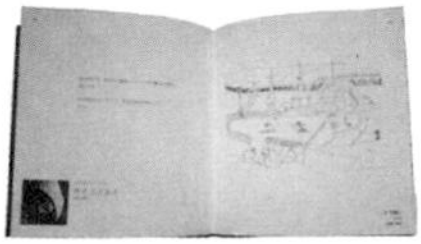

最後完成的手工學年作品集裡的我的頁面(揭載的作品大圖詳見 P.79)

在學校的課堂上，看老師帶來的琳瑯滿目的工具，當時只知道瞠目結舌而已。

這一堂課是聯合課程，學生包括了插畫班、設計班和版畫班的同學，課程作業是每個人都要完成一本「學年作品集」。

首先採分組合作的方式，有「設計組」、「排版組」和「印刷組」可自由選擇，等每位同學的一件得意作品檔案和個人資料、創作理念被收集好之後，設計班的同學理所當然地承包了版型和平面設計的工作，而我當時因為別的課程在焦頭爛額中，一心只想趕快趕快結束這邊的作業，選擇了自以為不必用腦的「排版組」。

沒想到因為忽略了排版必須兼任反覆的校稿這件事，結果是既沒有接觸到新的東西，又花了比預期更久的時間在修改檔案上。早知道還不如選擇後來意外地好像還滿有趣的「印刷組」呢！

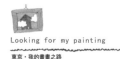

總而言之等「印刷組」印製好全部同學的內頁後，就要開始正式體驗裝丁了。老師一步步地示範著「每一個細節都事先被考慮到了」的步驟，同時教我們善用各

種工具，彷彿執行完一項精準和周全的計畫般地，大家都一一地完成了各自的手工書。所謂「魔鬼藏在細節裡」就是種感覺吧。

課程中間還穿插製作手工小相框。在經過同樣「縝密而完整的實行計畫」後，自己的小作品被放入相框的那一瞬間，有種「我的世界因你而完整了」的感動。原來畫畫的人不能只考慮作品本身，必須把完美地包裝和呈現方式都考慮進去，這樣才能算是真正地完成了作品。

完成的作品集和小相框都讓人滿有成就感的。如今它們都成為代表那段學習時光的紀念品，靜靜地放在美保房間某個常看見的角落和書櫃裡。

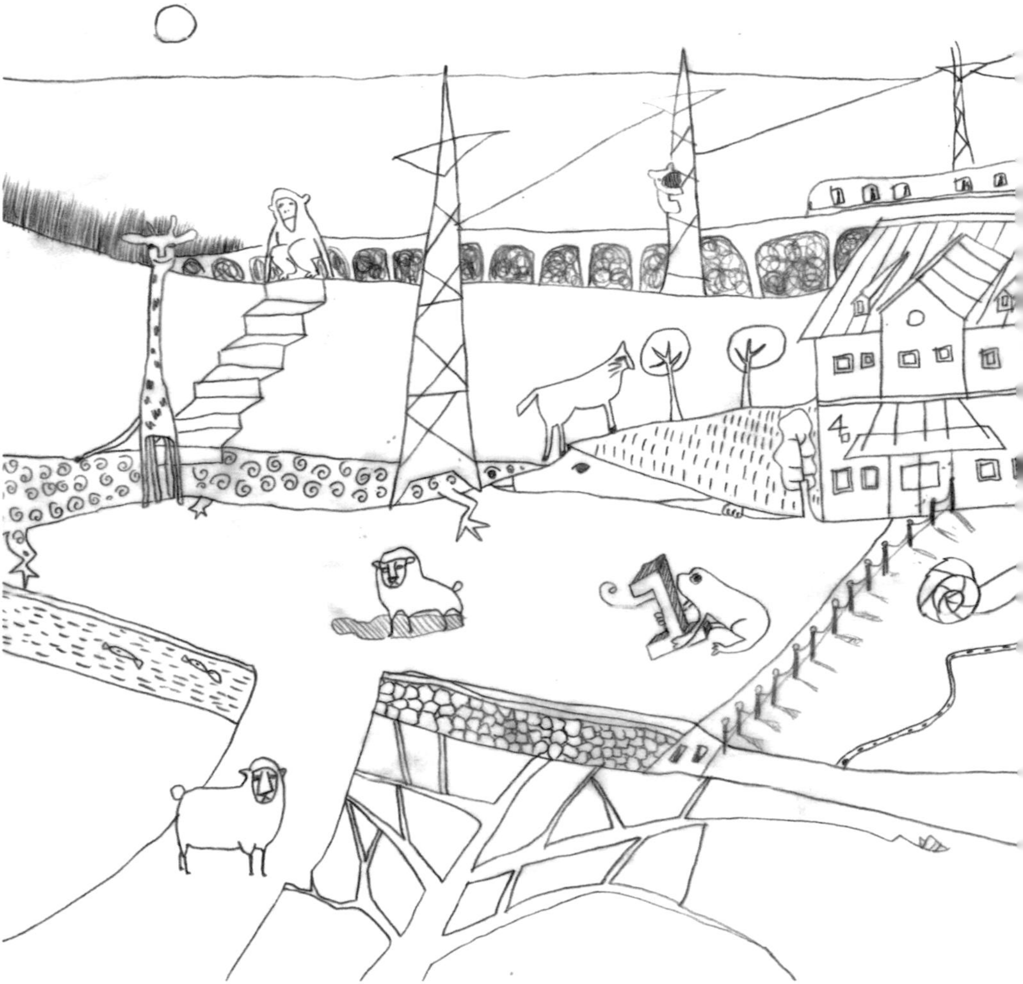

「武藏野美術學園四號館」線稿

筆尖下真正的自由／壓克力顏料進階課程

這一堂課是先前壓克力顏料基礎插畫課程的進階版，同樣由大迫綠老師擔任指導老師。延續之前的課程，這一次又加入了更多壓克力顏料的輔助畫材——各式各樣的GESSO（地基塗料）和MEDIUM（媒介塗料）。

GESSO就像輕盈版的水泥油漆，在畫作開始前加水稀釋薄塗整個畫面，待乾後就可以幫助顏料附著、加強顯色，還可以延長作品壽命。因此常被當成基底材使用（後來我畫畫真的是沒有GESSO不行呀）。畫材店裡有各種顏色和中粗細粒子的GESSO任君選擇；MEDIUM的話更像是魔法顏料一樣種類繁多，有的跟壓克力顏料混合之後會變得很厚重，就可以輕易處理出類似油畫的感覺、有的加了會有上光效果、有的可以延長壓克力顏料乾燥時間……種類之多且不斷地推陳出新、無奇不有。

不過我當時的想法是，用十二色的壓克力顏料畫畫，變化就已經夠多的了，實在

沒有把握駕馭更多的未知元素。雖然覺得 MEDIUM 好像很好玩，但是我其實並沒有怎麼使用，我想等自己充份掌握了壓克力顏料之後，再來玩一些變化吧。

課堂上首次使用畫布來畫畫。綠老師出的作業是：「請以學校環境為主題，任選哪一個角落都可以，畫一張結合動物的幻想畫。」

草稿階段時，我的幾個構想老師都不滿意。「那樣會很無聊喔！」老師講話愈來愈直接了。於是某一天「不管了豁出去了啦！」反正想不出來，就不要再用腦袋去想了，我放任筆尖在素描本上自由地流浪，直到它越過了透視和常識，一幅不知道是在心裡還是夢裡的風景畫，乍然出現在速寫本上。(P.79 的線稿)

那是每天從三號館教室的窗口望去，隔壁那棟全木造的四號館建築。還有學校背後的中央線電車。以及我的幻想動物們（後來我把這張草稿當成作品，放進裝丁課的學年度作品集裡）。

大迫綠老師一看到新草稿就挺滿意的。雖然上顏色時常常苦惱於「有種被草稿線

限制住的感覺」，老師也建議我：「下次來不打草稿畫畫看吧！」不過完成的作品自己也感受到了一種突破關卡的前進。

大迫綠老師說：「這已經不是一幅畫，而是一件作品了。」

可是不知道為什麼，畫完之後我卻突然不是很喜歡它，草草地把它收在櫃子的深處裡，讓它沉睡了兩年之久，我才又突然地覺得：「其實這幅畫還是不錯的！」於是把它拿去參加三菱的作品公募，沒想到就因此帶領我走進了東京的美術業界，並且得以在東京開了個人的畫展。

我也說不清這「作品與畫家之間的緣份」是怎麼回事？當我後來讓大迫綠老師知道了這幅畫的「喜訊」時，老師喜上眉梢的反應讓我覺得，或許它也代表著某種程度的「我和老師之間的緣份」吧。

當時進行中的「武藏野美術學園 4 號館」

每三個月一次的批鬥大會／學期審查

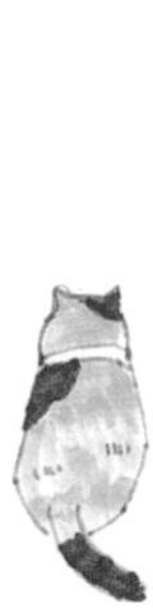

學期剛開始時的審查，老師們都「基於鼓勵的立場」來發表評論，但是以為他們會這麼地溫柔下去那就錯了！學期中的審查，對某些同學來說，應該可以稱得上是場腥風血雨……

「我建議妳，從今以後不要再畫人物了。」大迫綠老師對本來很喜歡畫可愛少女的某某同學說。

那位同學才十八歲，人生至此可能還沒聽這麼嚴厲的話吧。馬上眼眶泛紅，一下台就馬上飛奔到學生食堂，趴著桌子啜泣了起來。

我那時已經二十八歲了，心想「你們要講什麼就來吧！」

「我想要尋找自己的畫風……」上台沒多久之後我說。

「為什麼一定要固定自己的畫風？」大澤老師反問我。

這問題（回答）讓我瞠目結舌加啞口無言，「沒有自己的畫風要怎麼在社會上混？」「有好幾種畫風不行嗎？」「不一定要固定好像也沒錯？」我瞬間在腦中自問自答了起來。

「我覺得妳的找尋方式太局限了，應該多嘗試差別很大的畫風，然後再慢慢縮小範圍」這是大澤老師看了我放上台的一堆課外習作後給的建議。

「嗯嗯，好像有道理耶……」我試著整理和消化剛剛發生的一切。

不難了解這是一種破壞再建設的教育手法，「沒有非常之破壞，就不會有非常之建設。」創作也是一樣的吧。陷入困境的人們總是會走出一條新路，事實證明同學們之後的確也畫出了新東西（至少我也覺得剛才那位同學後來畫出的新作品，真的比本來的可愛少女風有味道多了）。

另外我後來在一本書裡看到：「沒有一位業者，會捨棄市場上這麼多風格獨特的專業插畫師，而選擇『有好幾種畫風』這樣『學而不精』的插畫家」這樣的論點。但我也在雜誌上看過日本某位擁有獨特風格且已被市場認同的年輕藝術家，宣言：「自己就是喜歡嘗試新鮮的事物，未來也將會不斷地轉變畫風」……因此雖然定位不明這問題會讓路變得比較難走，目前我還是追隨了大澤老師的建議，正在同時發展著自己的多種畫風。

課餘時間的自我找尋……

再不畫出自己的作品不行了/修了製作

寒假前大澤老師宣布，為了過完新年回來之後即將開始進行的「修了製作」（注：畢業製作），每個人都要趁假期間想好主題準備跟老師討論，並且最後只有被選出來優秀的作品，才可以到新宿學校附屬的大樓展示空間展覽。

「好不容易來了日本，還想請家鄉的爹娘來看展，沒被選上不就糗大了!?」這會不撩落去不行了！我想到了一套「快速搜尋法」，大量模仿有興趣的畫作（雖然沒有一次像的），放完假回到學校的修了製作討論會時，同學間就只有我交了好幾幅「實驗失敗」的畫作……

當時我發表的主題是「記錄日本生活的風景畫」，想法是把每天日常的生活風景，轉化成幾年後可以當成記錄的作品。不過之後完成的作品跟這主題就只有「勉強算是風景畫」這很牽強的關聯，奇怪的是好像沒有任何老師記得這件事了！

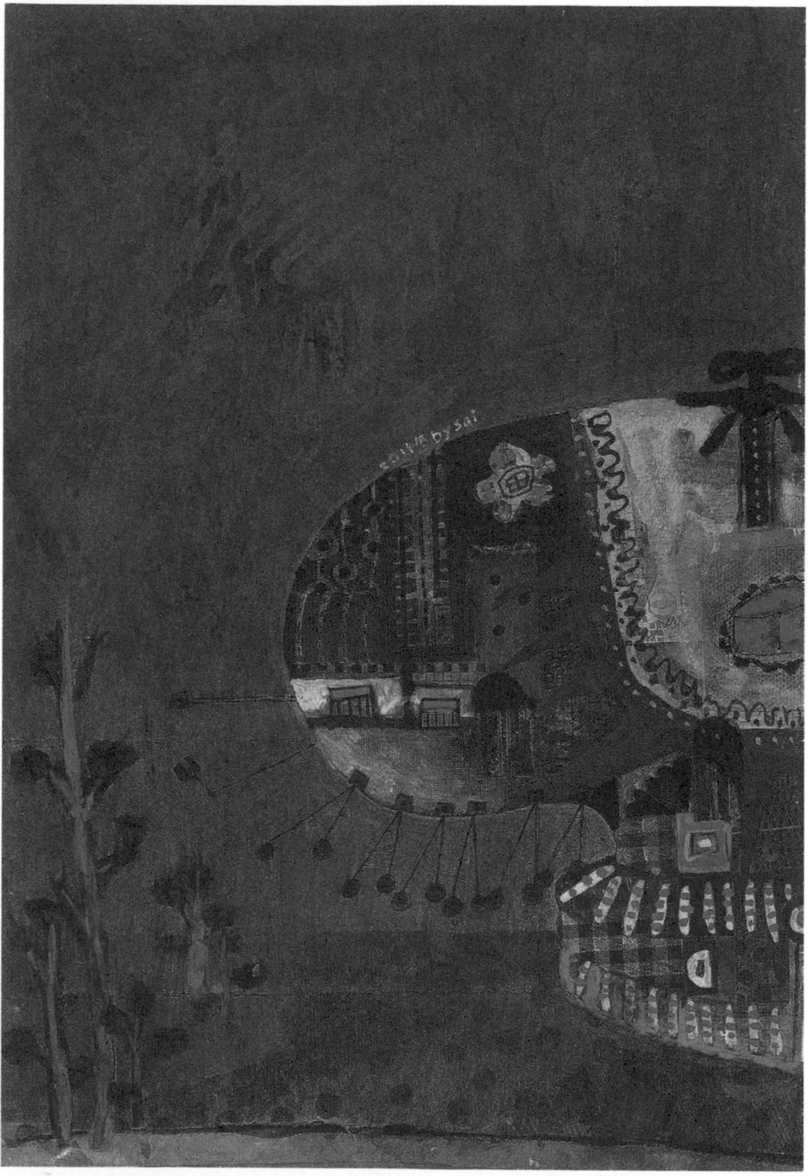

HAPPY WORLD 2010　　瘋狂地大量畫畫時期的作品之一(私人收藏)

連別的同學都感受到了「蔡桑好像抓狂似地在畫畫」，我一邊地如火如荼進行我的大量畫畫計畫，一邊積極地和老師討論、調整方向。那時大澤老師常常隨興地四處溜達著，時而調侃學生，時而指導幾句。

有一次在和老師扯完不相干的閒聊之後，順口問老師：「在畫畫時是否已經在腦海中想好完成畫面了呢？」

「當然會呀，不然不是沒完沒了。」老師不假思索地回答。

「可是我就是無法先想好，而且我發現自己預想之後，畫出來的東西總是會變得很無趣。」我真的很苦惱哇！

「蔡桑的畫法就是一邊隨興地畫，一邊發現『啊！這樣畫居然還不錯』，然後把好的部分保留下來對吧。」我還真是被老師一眼看透了。

「我畫畫之前腦中也還是會稍微想到些朦朧的影像啦……」企圖為自己辯解中。

「也許那樣的畫法可以畫出除了蔡桑之外，沒人能畫出的作品，其實也是一件了不起的事情喔。」一向刀子口的大澤老師今天不知是怎麼了，怎麼會說出這麼感人的話呢?!

在這過程中，大澤老師甚至鼓勵右撇子的我用左手畫畫。

「有時拙拙的左手畫出的線條，會比用慣了的右手來得有趣喔。」老師說。

雖然在我用左右手各畫了一個溜滑梯之後，明明左邊那個看起來就比較笨拙，大澤先生卻說：「嗯，看起來差不多耶！」

因應著學生不同的需求，老師的指導也會不同。像走寫實派的甫坂同學就正在用老師幫她借來的投影機畫畫。

「我覺得好像到現在才真正學到了東西！」那時甫坂同學曾經跟我這樣說過。

每個人畫畫的方式不一樣，找尋自我的過程也不太一樣。但是那段一起努力畫畫的記憶，到現在我都還記得那美好的感覺……

好不容易畫出來的第一幅大型作品「BLACK TOWN」(P.91) 好像很對大澤老師的胃口，「好了不要再畫了！接下來妳極有可能畫壞它！」老師逼我放下畫筆。

BLACK TOWN 2010

正在為生活而忙碌著的黑色城市

但是因為那幅畫的尺寸比標準規定的B2小了一些。我實在是太害怕讓家鄉的爹娘撲空了，所以趕快著手畫另一幅異空間的新宿風景，沒想到大迫綠老師和大澤老師的反應都不好。

「構圖上太像真實世界的透視了，就會變得很無趣。」這兩個人難得地意見一致。

「畫面要有些緊張感才能吸引人喔！」大迫綠老師建議我做點大膽突破性的構圖。

當時我發現了日本一位新崛起的插畫、繪本和多媒體作家「荒井良二」先生，並且深深著迷於他自由奔放又充滿童心的風格。我總是隨身帶著一張荒井先生的展覽DM，好像它可以給我一些畫畫的力量一樣。

於是我索性把原本直型的畫擺橫，好讓自己不局限於對舊作的不捨，然後大刀闊釜地塗上顏料重新構圖，另一方面我開始使用比較明亮的顏色，並且模仿荒井先生徒手塗抹顏料在紙張上的畫法。

不知不覺中新作品「旅行的遊樂場」(P.94)的雛形就出現了。正當覺得「雖然還挺滿意的，但是又好像少了什麼，可是又不知道要從哪裡下筆？」的時候，大澤老師又溜達進了教室。他分明看到我的新作品，但是又什麼都不說。

「大澤老師可以給我一些意見嗎？」我忍不住發問。

「嗯……總而言之就是太抽象了。」看了很久之後老師微皺著眉頭說。

「原來如此！」我火速開始修改作品，使其讓人一看就知道畫面裡「這個是什麼，那個是什麼」。完成後雖然有好一點，但是大澤老師說他還是比較喜歡先前那一幅。並且預言說：「一定還是那一幅可以得到好評價的，妳等著看吧！」

結果隔天大迫綠老師馬上不自知地將了大澤老師一軍：「這幅新作才有開闊的感覺哇，好耶！」

消失了的「新宿街口」

大迫綠老師喜歡的──旅行中的夢幻遊樂場
（顏料下是之前畫的「新宿街口」）

黑馬得到優秀賞

成果發表會時大澤老師給了我一整面獨立的展示牆面，讓我的三幅大型作品都可以掛上去（後來我又用厚紙板再畫了一幅新的作品）。但是因為大部份的同學都只有展示一幅畫，因此我總覺得對別的同學有些不好意思；另外原來以為只有少數人可以到新宿展覽（這是我拚命的理由哇），結果老師說：「大家都去吧！」

發表創作理念的時候，感覺大家好像殷殷期盼著我該說些什麼了不起的發言。我當下想先表達對於佔用了牆面，不好意思的心情，但是不知道是講話太小聲還是日文的問題，大澤老師插話問了好幾次：「妳在說什麼？」我一慌就真的不知道自已在說什麼了，嗚……

雖然「表達能力」是確藝術家生存條件。但事實上「比起聽見什麼，人們比較相信看到了什麼」不是嗎?當然我也很樂於和大家分享些創作時的心情和想法，但是如果能和觀者擁有「不須言語的心電感應」，我認為那會是種更大的成就感。

大迫綠老師就一點也不在意我發表時的胡言亂語。她知道我正在為之後的簽證煩惱。「好不容易走到這裡，既然有這份才能，就應該在可以發揮的地方努力。台灣我不清楚，但是以日本來說，例如大阪很多公司會覺得『插畫』應該是免費的，所以只有東京有插畫家生存的好環境喔！」這是她評價我作品時的發言。

「咦！老師剛剛是不是說了『才能』兩個字？」這是真的嗎？老師說我有才能耶！我有沒有聽錯？心裡開滿了小花，瞬間覺得未來一片光明。

後來我知道在關西也有很多插畫家和藝術工作者在努力，大阪對於插畫應該是也有「使用者付費」的觀念了。只是當時我感受到的是老師真切的關心「她是真的很希望我可以留在東京繼續努力吧」。

隔天到成果展值班時，發現我的牆面多了一塊牌子，上面寫著：「優秀賞」。一切都飄飄然地好像在夢裡喔……

人生第一次覺得幸福在當下／回顧美術學校生活

我從不翹課，但是我常常遲到（這是那門子的理直氣壯啊？）。綠老師會故意錯開眼神，彷彿在說「我現在不想理妳」；大澤老師會在回應完我的早安之後補上一句：「話說，現在很不早了吧」；副手們會半威脅地說：「下次再這樣不給妳補點名了喔。」

在老師不會出現的非指導日裡，我會點完名後悠悠哉哉地晃到三樓陽台，那裡看得見橘色中央線電車橫越片片屋頂間的武藏野平原，坐在長凳上吃早餐配風景，之後再進教室畫畫。這真的是一所很自由的學校。

午餐時間一到，食堂裡會充滿了一號館繪畫學科的大叔大嬸們（真的是五、六十歲以上的大叔大嬸）成群說說笑笑的聲音。歐巴桑們畫畫時穿的圍裙好像跟煮飯時穿的沒有兩樣，讓人有種「她們是穿梭在自家的廚房嗎？」的錯覺，之中偶爾會出現一兩位年輕女孩或男孩被圍在銀髮族中，想必是抱持著很大的勇氣立志成

為畫家的吧。我和念設計科的台灣室友總是會不時偷偷地觀察著：「繪畫科的爆炸頭男孩今天又穿了他自己亂畫的T恤和帆布鞋！」「啊！他連包包上面也有畫東西」「版畫科的帥妹今天的衣服好可愛！」「雕塑科的襯衫男又帶公事包來上班了是怎麼回事？」還有「那個怪怪的婆婆或大叔，要小心千萬不要和他們對到眼神，不然會過來跟你說個沒完」……

學校裡四處是滿身顏料或灰頭土臉的人走來走去（雕塑科的學生在上石雕課時尤其喜歡穿得像個工人）。這個年齡層從十八到八十幾歲的奇特學校，聚集的都是一些真心喜歡藝術的人們。

放學前，手上的顏料好像怎麼洗都洗不乾淨，「算了，就當成那是畫畫人的驕傲吧」，迎著風騎著腳踏車，踩著夕陽的影子回家，每天身處在可以無憂無慮快樂地畫畫的天堂裡，真心地覺得這樣就叫幸福。

我也不知道為什麼以前在大學時期有點邊緣的自己，何以在這裡如此怡然自得？我只知道這是我第一次真切地感受到，當下的生活是如此簡單美好。並不是經過歲月才美化了的回憶。

雖然當時心裡非常明白，這樣的幸福是有著期間限定的……

從我的「早餐陽台」望出去的晴空

卷3 在找尋的時候

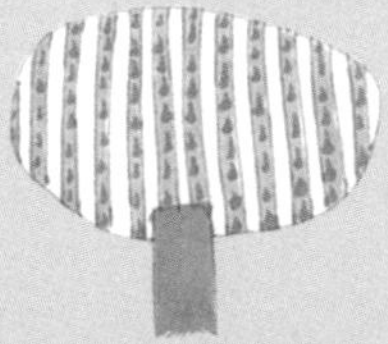

When I looking for
something

那一天／三一一東日本大地震

忙完畢業展後，學校開始放春假。因為副手說，「優秀賞的得獎者，必須在畢業典禮上發表簡短的感言」，而苦惱中的我，一如往昔地到餐廳打工。

春天心不甘情不願地姍姍來遲，三月了還是沁著寒氣，記憶中那一天，餐廳外的日比谷公園好像比往日來得陰鬱。下午三點多，一邊跟我心愛的伙伴──強力洗碗機解決了兩百多位客人的杯盤，一邊心裡呧咕著：「快到伙食飯時間了吧，肚子餓了啦！」

突然間，平常和我並不熟的甜點師山田妹妹，向我衝過來很害怕似地抓住我說：

「蔡桑，地震!!!」

「天啊真的耶!!怎麼辦?怎麼辦？」

位於地下室的廚房搖晃得愈來愈激烈，其他的廚師和主廚好像還很鎮定地在觀察情況，我跟山田妹妹已經衝上了一樓，「啊！都是客人，怎麼辦？是不是不能讓客人看見內部的工作人員啊？」我們躊躇在一樓距離大門只差三步的樓梯口……

「作業員也趕快出來！快點啊!!!」平常總是有點痞痞的領班鐮田桑，在忙著疏散用餐中的客人中，發現兩個不知所措的傢伙，於是對著我們大叫。

三廚和主廚是最後走出餐廳的，後來才知道他們是在忙著關掉所有的瓦斯和火爐開關，以及確認沒有其他的作業人員待在廚房裡。

於是盛裝的客人、餐廳的服務生、招待、廚師們，還有洗碗洗到一半還頭戴防塵帽、身穿螢光綠防水圍裙和白色大雨鞋，活像魚販的我，大家就這樣在日比谷公園中，望著眼前不停地搖晃的三層樓餐廳發愣……

回過神後發現遠方的霞之關（注：東京地下鐵丸之內線的某一站，為日本的行政中樞，中央政府多個部會與機關的辦公地皆分布於此）大樓群也在搖晃著，精英們正在湧向公園，我從來沒有看過這樣的日比谷公園，微妙的空氣裡因為人群而熱鬧，但其中又壓抑著些許的慌張……

公園裡，大夥七嘴八舌地關切著手機裡的新聞消息。餘震一波未平，一波又起，現場的最高負責人鐮田桑，指示服務生分配毯子給寒風中受凍的客人。餘震稍稍平息的短暫時間裡，他還衝進建築裡幫客人把包包財物拿出來，後來甚至連收銀機也搬出來了，方便客人結完帳趕快回家。

之後餘震好像慢慢平息，大家回到餐廳裡面，廚房滿地都是從架子上掉下來的碎碗盤，溫控室裡面的紅酒與白酒也跌碎得一塌糊塗……大家一邊收拾著殘局，一邊不時地還是會有餘震，因此又要跑上跑下地精疲力竭。空著肚子忙了好一陣子，由於晚上的客人來電取消了原訂的宴會（話說不取消才奇怪！），三廚終於把原本為客人準備的三明治端了出來，還煮了味噌湯。「終於可以吃飯了我快要餓死啦！」正當我拿起湯匙準備喝湯時，突然又是一陣的天搖地動。「與其被累死餓死，不如被壓死算了……」雖然這麼碎念著，但還是很沒志氣地手拿著湯匙跟大家跑出了餐廳。

「跟大家致上萬分的歉意，是我們家福島在搖晃。」老家在福島的菊池妹妹，跟大家九十度大鞠躬道歉。幸好菊池妹妹的家人都安然無恙地連繫上了。我也在傳簡訊跟家人報了平安。接下來就是該如何回家的問題了。

東京的電車全部停駛，馬路上據說也大塞車交通癱瘓中，就算幾個人一起合坐計程車，也只能一起卡在路上。主廚建議，今天大家就留宿餐廳打地鋪吧。「這裡靠近霞之關，是政府重要機關的所在地，一定是全日本建築最穩固的地方，而且餐廳裡的食材應有盡有，我會照顧大家的……」主廚跟大家分析利弊。

但是我還是好想回家喔。跟工作的同事（尤其又都是日本人）在一起，總是讓人無法放鬆，無法想像如何在這裡度過漫漫長夜，想回到自己的地方，躺在自己的床上好好休息。何況明天還有新宿修了展的畫廊當班（隔天當然也取消了，副手說：「拜託你們待在家不要出門」）。

剛好服務生中一位因為掛念家中孩子，而跟我一樣「無論如何想回家」的媽媽，她住在跟我同方向的調布。於是我們帶著鐮田桑幫忙列印好的地圖，還有他硬塞給我的礦泉水（一開始想到要走很久路我還嫌重不想拿，現在想起來當時一定被覺得：「這是哪裡來的沒有防災常識的傢伙？」）以及同事們無數聲的「路上小心」，在寒冷的黑夜中，踏上長征般的返家之路。

當天晚上的空氣，和幾個小時前的日比谷公園很像，但這次是「安靜而壓抑著慌張」。比平常多出好幾倍的行人，一路上緩緩前進著，車子們雖然動彈不得卻又安份地塞在馬路上（沒有任何一個人違規按喇叭被我聽到）。我永遠忘了不了那現場的氛圍，也不禁深深地為這樣的時刻，還能如此從容優雅的日本而折服。

兩個小時之後當我們走到新宿時，能到同行同事家的京王線恢復通車了，和她道別後我放棄了「躺在自己床上」這遙遠的美夢，面對現實和住在新宿的朋友連絡好了借宿一夜。

折騰了一整天，當我按下朋友家電鈴的時候，時間已經是將近晚上十二點了。

「天啊!!妳怎麼會這麼地狼狽和落魄!?」這是朋友開門見到攤在地上的我後，不由自主說出的第一句話。

創傷之後/畢業典禮不見了，但是得到了簽證

地震之後，海嘯、輻射核災接踵而至地打擊日本。「日本沉沒」這駭人驚悚的標題，從韓國的報紙頭版被傳播到了日本的電視新聞畫面。每個人見面時的話題總離開不了「地震時你在哪裡？」而回答也總不負眾望地交織著各個精彩的故事⋯⋯雖然是件哀傷的事，但人們總要活下去。日本並未沉沒，世界也還沒末日。

值得一提的是，一年後我在電視上看到「這些人是如何被海嘯奪走生命」的新聞特輯。場景是災區中一個看似與海邊有點距離的小鎮。記者拿出一塊畫有地圖的板子，上面不規則地佈滿了點點，每一個點都代表被海嘯吞噬的生命。

「我們可以看到，並非距離海岸遠的地方就比較少人犧牲，這是為什麼呢？」記者開始深入訪問。「監視器畫面上看到一對老夫妻在海嘯警報十幾分鐘之後，才緩緩地『逃』到大街上，其移動的速度反映著，他們應該猶疑著，海嘯真的會到這裡來嗎？」因為其實小鎮距離海邊還有十分鐘的車程啊。幾分鐘後，他們在大

街上被挾帶著瓦礫和泥沙的「海嘯」正面迎擊，幾天後找到老先生的屍體，老太太幸運地抓住商店街二樓的柱子生還了下來。

記者接著說：「但是請看地圖，這條直線距離跟海岸比較近的小路，為什麼犧牲者就比較少呢？」記者訪問了一位生還者，僅僅是從商店大街轉了個彎跑進了小巷子，命運卻天差地別。原來「海嘯瓦礫土石流」畢竟是「水」，進入小鎮中心之後便沿著道路竄流，大條的道路當然水勢又急又猛，所以才造成了「不一定距離海岸遠的地方就比較少人犧牲」的事實。

「即使報導的只是一點小事，可以讓人明白到底發生了什麼事，也許未來就能幫助人們免於危難。」提供影片的受訪大叔說：「我們必須了解海嘯真正的樣子。」

人們總是要在遇到了自然的災害時，才會意識到「原來我們生活在一起，是生命共同體」。日本媒體在震災中充分發揮了真正的使命感。他們傳播正確情報讓民眾了解狀況，使其不被未知的恐懼所籠罩（後來就有聽過災區的小報社，即使危險也堅持要每天派報的故事）。震災過後也接著持續追蹤報導，反映社會問題和人道關懷。報導者總是用平穩不渲染情緒的口氣，跟大家一起撫平創傷迎向未來，這是受創傷後的日本，最明顯的表率。整個社會也都感染了這樣的氣氛，每個人都希望能為受傷了的日本，做點什麼。

這時我畫了一幅畫，命名為「Rainbow Water」（P.110）。發想來自於海角七號裡的「下雨的時候，你不期待彩虹嗎？」這句台詞，希望受傷的人們，可以抱著對彩虹的期待，元氣地加油下去。（這幅畫後來在個展時售出。收藏者買畫時對我說：「真想住到畫裡的那個世界裡。」）

而現實中由於地震，讓我又苦惱又期待的畢業典禮被取消了。同時據說在入國管理局辦理歸國手續的人潮都排到馬路上去了。家人也很希望我盡快回台，但是一方面我真的覺得最壞的都已經過去了，加上學生簽證也快到期；看大家都在忙著離開日本，我想的卻是：「這個時機申請日本的打工度假簽證應該大有勝算吧。」後來我果然順利申請到了新的簽證，在雨後的第一道彩虹劃過之時，拿到了前往夢想天空的通行證……

Rainbow Water 2011

即使雨下太多了，世界變成了海洋，我們依然期待彩虹（私人收藏）

漸漸清晰的夢想／靜靜畫畫的人生

日本有很多由藝術家舊宅或工作室改建的個人美術館，我喜愛的岩崎知弘美術館就是其中之一。那是我還在美術學校時的一個夏日，曾和我一起見學的金同學帶我去的「夢想發源地」。

也許台灣讀者不太認識岩崎知弘這位畫家，但是只要google一下這個名字，出現的插畫絕對可以喚起大多數人的童年回憶，小時候我也蒐集了好多她的小卡呢。岩崎知弘出生於動盪的戰亂時代，畢生致力於愛與和平，她波瀾壯闊的一生（有興趣大家可以再google一下）曾被拍成舞台劇，由出身日本國寶級歌劇團——寶塚的美女演員檀麗演繹她的一生。

那天和金同學一起去的美術館，是岩崎知弘與第二任丈夫結婚之後到去世前居住了數十年的家改建而成的（此外在長野縣——岩崎知弘的出生地和故鄉，還有一間岩崎知弘美術館）。在東京居住的數十年也是岩崎知弘插畫產量最多的時期，和心愛的丈夫與兒子生活在一起，每天靜靜地畫畫，庭院裡灑進的陽光彷彿前不久才照耀著正在和愛狗玩耍的一家人……那生活的餘味，讓我由衷愛上了這裡。

我也想要這樣可以靜靜地畫畫的人生。

心裡好像有種東西漸漸地清楚了……所謂的夢想，也許最終只是一種理想的生活方式。而我願意盡我所能地，為了追求那份滿足與平靜而努力。

長野岩崎知弘美術館的DM

東京岩崎知弘美術裡·岩崎一家人生活過的庭院

邊洗碗邊畫畫／藝術家精神勝利！

在東京生活的五年裡，不能不提到的就是關於打工的點點滴滴。

開始這份工作時，我才剛到日本三個多月，雖然日文還是初級程度，但是剛好原本做這份工作的室友（學姐）要返台，一見機不可失，就拿著語言學校幫忙申請的「資格外活動證明」（注：日本發給在日留學生可以於課外時間打工的許可），以及學姐的推薦，硬著頭皮就這麼踏進洗碗界，沒想到這一做就經歷了三代主廚帶領的不同團隊，在人事紛紛飛飛中，好幾個年頭就這麼過去了。

若要話說從頭的話，那是「很久很久以前」（現在也還存在著），在美麗的日比谷公園裡，矗立著一棟高級法國餐廳，在地下室的廚房裡有一位台灣來的女孩，正在和杯碗瓢盆奮鬥著……

剛開始我的初級日文，連吃完飯要道謝的基本禮儀都不會講。人家同桌吃伙食飯時，被問到：「有沒有喜歡的日本的藝人呢？」明明想要表達的是「很多都不錯但是沒有特別喜歡的」，因為腦中的日文語彙太少，說出口的居然是「全都還好耶」，馬上就被當時的小林主廚說：「蔡桑好嚴格哇」讓我當下真是百口莫辯！

談到這位小林主廚，我暗地裡為他取了一個外號叫「功夫熊貓」，因為他雖然身在法國餐廳其實心在漢，他最愛做中華料理，總是纏著下屬們，硬要教他們做麻婆豆腐，他還會講中文（但是只限菜名，妙吧！），而且他的體態真的像極了動畫電影裡的那頭熊貓，非常地靈活（我知道我很過分，請不要告訴他），難怪介紹這份工作的學姐稱呼他為「靈活的胖子」（我們台灣人真的很過分耶）。

他工作時動作和效率極快，又能眼觀四面八方掌控全局，每每都讓我佩服：「難怪還沒三十五歲就可以當上主廚。」不過，他有時也會「呷快摔破碗」，我就曾目睹他打翻整桶的義大利肉醬的現場，弄得自己滿臉肉醬活像個殺人犯，讓旁邊的人想笑又不能笑……只要是有他在的廚房，小小的哀嚎聲便會時不時地此起彼落，通常八成都是他撞到了腰、或弄倒了什麼吧……

某一天熊貓主廚為我這
洗碗工準備的感動伙食飯

但是他也是我見過最品德高尚且大度量的人了。因為語言的關系，他交付工作時總是不厭其煩地先示範一遍給我看、當其他廚師因為手頭上的工作常常不小心讓我餓著肚子勞動時，身為主廚的他反而都會盡可能地準時為一個洗碗工張羅伙食，有一次看到他在準備伙食飯時認真的背影，這樣身居上位的人卻不擺架子且親力親為，真讓我感動得都快要落淚了。

除了熊貓之外，餐廳的其他廚師們也都很親切善良，大家還一起拿到過公司的最佳團隊獎。他們讓我覺得：「每個人只是在不同的位置上分工合作，並沒有貴賤之別。」能夠盡自己的一份微薄力量，讓這龐大的料理機器順利運作，雖然有些辛苦也感到十分開心。有次被叫去幫忙擺盤時太過興奮，盤子裡才放了幾顆青豆我就急著要送上電梯去出菜了，害得可憐的廚師同事在準備料理之餘，還得拚命地追上來阻止我……

邊上課邊打工的日子，雖然忙碌卻也充實。後來換了一位大阪出身的主廚（功夫熊貓高升到別的分店去了）。第一印象是他整齊上油的髮型好像黑手黨很殺的樣子，笑起卻好像海綿寶寶還有雀斑，但總之他的暗號就叫「油頭」了。

秋天的時候，被送過來的外桌客人的洗物（待洗碗盤）裡，總是會有飄落的金黃銀杏樹葉

油頭管理廚房的方式跟熊貓完全不一樣。要說熊貓是「分工制」的話，油頭就是「專工制」了。他的想法是每個人專心做自己最習慣的事才會發揮最高效率。但是這樣的「理論」實際上卻時常出現漏洞，例如四廚排休時就沒人烤麵包，廚師們忙著出菜時我被晾在一旁沒事做，但是等到客人用完餐點，髒碗盤通通被送下來時，我就算立刻變出八隻手也忙不過來……

油頭不久就發現了自己理論實行面上的困難，便調整成「分工專工五五制」了。簡單地說就是，時而分工時而專工的「因時制宜制」。例如聖誕節大戰時（聖誕節時的法國餐廳內場真的像打仗一樣很可怕！）身而主廚的油頭，除了負責掌控全場外，還身兼幫忙搬碗盤的「運輸工作」呢；但是平常的時候，像有時收工前碗盤太多了洗不完時，從前熊貓的方式是，有空的人就會過來幫忙擦乾或歸位，大家一起把今天的工作結束。但是到了油頭時代就被交代：「那麼就留到明天早上出餐前再來洗吧。」換句話說，就是明天請再自己慢慢洗吧。

在油頭和廚師們磨合的那段時間裡，總是可以聽見他那關西腔咆哮聲，後來不管是樓上的服務生還是樓下的廚師，許多人都會模仿，連我都快要會學會了。不過大地震的時候，油頭有擔當的表現還是讓人看見了他的氣度。聽說他十九歲去法國學藝，年輕時和老婆是私奔結婚的，看來也是經歷過壯闊波瀾的人生啊……

廚房裡還有很多有趣的小人物。到第二代油頭主廚的團隊時，我的日文已經比較好了，可以觀察得較得心應手。例如當時的二廚——一直交不到女朋友的芝端桑，在快三十歲前發表的感言是：「為什麼我什麼都壞事都沒做，也會三十歲？」「像誰誰誰會三十歲我可以理解，但是為什麼我也會三十歲？」那些被芝端桑指到的「誰」就是幾位在異性方面頗吃得開的同事。芝端桑的心酸真是太經典了啦。

從專門學校時就在餐廳打工、到後來變成甜點室一人前（注：工作上可獨當一面）的山田妹妹，可愛的外表可媲美AKB的任何一位成員，私底下卻是個不折不扣的棒球控。談到棒球的話題時，一雙大眼睛就像發光到要噴火似的。據說她連選手們的練習也會去看呢（熊貓主廚就曾經叫取笑她是「野球變態」）。

還有這對活寶——北詰桑和菊池妹妹，他們的關係雖然像師徒一樣（因為三廚總是新人的指導員），但是天性像大嬸婆少根筋的菊池妹妹，總是能激怒認真的大師兄然後自己哈哈大笑。以下節錄兩人間某次無厘頭的對話。

「北詰桑，請問你是不容易長青春痘的體質嗎？」菊池妹妹問。

「對哇。」皮膚真的很好的北詰桑漫不經心地回答。

「那請問你臉上那一顆是什麼？」菊池妹妹指了指大師兄的臉。

「青春痘……」北詰桑臉上除了一顆青春痘，還多了一對白眼。

小小的法國料理廚房，其實就像個小型的日本社會。配合客人的用餐時間，廚房的員工們大約都在下午三點左右一起吃伙食飯。長長的桌子上，坐的位置都是有學問的。日本的規矩是，上位者坐在離門最遠的位置，然後左右依序排位。我當然是「一直不動」地坐在離門最近的位置。隨著一年年過去，本來坐在我身邊或對面的四廚變成了三廚再變成了二廚，漸漸離我愈來愈遠……

由於一起工作過，我明白那每一個位置背後代表的不僅僅是歲月，更是真材實料的血汗。

第一年的新進社員是最辛苦的了，不論是清水溝還是掃廁所，這些連我這洗碗工都不用做的事也是他們的業務範圍。常常是早上要最早來開門，而晚上則是最後一個關燈關門、趕末班電車的悲情角色。就聽過另一位洗碗工（和我一起排班洗碗的台灣同學）說過，下班前曾看到空無一人的廚房裡，只剩下當時最菜的山田妹妹整個人趴在地上，挖著因為充滿了餿水而堵塞住的排水池，問她需不需要幫忙，稚氣的她噙著眼淚卻說：「大丈夫（不用了）！」意思是同學請先下班回家吧。

這樣超乎想像地繁重的工作，薪水卻是出奇的少，因為日本的「修行」觀念裡，第一年是「公司在教你東西，還有錢拿該偷笑了」。

幸好撐過一年之後，情況就會好很多了。原本的工作可以交接給新來的菜鳥，而自己可以向前輩學習更上層的工作了。依據我從旁觀察幾年下來的流程大致是，修行的第一年只能碰冷盤或烤麵包之類，之後得到主廚肯定才可以進入火爐區開始實習一些簡單的料理，接著開始學習處理食材，如切肉切魚等等。

看著這些認真辛苦工作的年輕人，我真的覺得日本會強盛是有道理的。

餐廳外日比谷公園裡的悠閒的貓大王．和餐廳裡辛勤工作的年輕人

美術學校畢業後，我開始了每星期洗三天碗，休息一天，再畫畫三天的生活。不是沒想過要換份打工，但是想到自己是為了可以畫畫而留在日本，打工只是賺取基本的生活費，是否換工作也不重要了。

日本有這麼多年輕人在追求夢想，很大的原因是他們的打工時薪高，年輕人可以在現實與夢想之間取得短暫的平衡。我也曾幻想著有一天讓餐廳的日本同事們嚇一大跳：「什麼！我們餐廳的洗碗工居然是藝術家。」

雖然實際上最終也只有幾位同事知道我在畫畫的事情，但回想起那段時而手拿菜瓜布，時而手持畫筆的日子，無疑心靈上是充足的。我在雜誌上看到過，奈良美智未成名前在德國也打工過很長一段時間。他說那時做的工作和藝術根本沾不上一點邊，但是愈是背道而馳，就會愈想要畫畫……真的是這個樣子。

從前在台灣工作時，常覺得被掏空，在日本洗碗腦袋卻天馬行空。這真的是很神奇的一件事！

因為是站著洗碗，還要時常走來走去地搬運、擦拭和歸位，若是感受到其中的韻律，便會不小心地洗到沉醉，覺得耳邊彷彿響起交響樂，腳下踩著華爾滋舞步……

跟朋友聊起：「我覺得我洗碗好像在跳舞喔，呵呵」，得到的反應卻常常是：

「呃……你……你開心就好了。」

也是啦，那首生命裡沒有人聽得見的華爾滋舞曲，沒有經歷過的人是很難理解的。

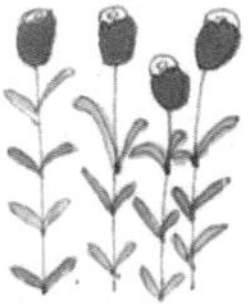

美術學園修了製作大量畫畫時期畫的
「日本生活紀錄風影畫」──日比谷公園

這座擁有百年歷史的公園，靠近銀座，看得見寶塚的帝國大樓（左上）、當然打工的餐廳也是一定要畫進去的（左上中間），仙鶴噴水造景是東京藝術大學雕塑作品，還有明治時期的庭園小橋、巴洛克路燈……這些都在美保的回憶裡了。

要學的還多著呢／殘酷的日本社會大學

東京每年會舉辦兩次的「Design Festa」，就是類似在台北的市貿中心舉辦大型創意市集的活動，只是日本的規模更大，分類也比較完整（例如有分表演藝術區、插畫區、手工雜貨區等）。攤位常常供不應求，所以雖然任何人都可以報名參加，常常開放報名後的一兩天後就已經是「請等下次吧」。

由於展場遠、交通費很貴，我只參觀去過一次。在那眼花撩亂怎麼逛都逛不完的攤位裡發現，在日本為創作而努力的人真的很多很多！一方面覺得被感動，覺得自己也要好加油！另一方面來說，他們也都是勁敵，而我「有把握不會被淹沒於其中嗎？」……

美術學校的同學曾問我要不要一起展出，但是因為考慮到場地租借費加上牆面也是要用租的，周末兩天的展示下來，算一算最少要燒掉日幣四萬元，那我那個月可能就要啃樹皮了，應該會活不下去，只好默默作罷。像這樣花時間精神和大把鈔票，求得也只不過是芸芸眾生中一個小小的發表場，然後期待有那千萬分之一的機運可以遇到可遇不可求的伯樂。這就是創作這條路的基本形態。路一定不好走，可是在還是有很多人在努力。

美術學校畢業時我曾以為：「只要把畫畫好，一切應該不會有太大的問題」，後來才發現那真是太天真了。「東京畫得好的人真的太多了」、「為什麼還要找個溝通不太方便的外國人」、「好作品和『能不能用』的作品是兩回事」……現實是殘酷的嚴師，要學的還多著呢。

一開始我把作品拿去參加雜誌社的比賽、也學高木直子（注：日本插畫家，著有《一個人上東京》，用插畫記錄她二十四歲時，懷抱著成為插畫家的夢想，從老家獨自上東京打拚的故事）的做法打電話給出版社，希望可以帶作品登門拜訪。為此我還特地回學校去請教老師相關的尊敬語用法（注：日本人對長輩、上位者或商用的特殊語言用法，聽說其實很多日本年輕人也不會用尊敬語，進入社會人前還得先去上尊敬語特訓班）。結果比賽連入選也進不去、好不容易鼓起勇氣打的電話，聽到的都是「那麼請先郵寄作品集過來再說吧」之類的官方回答就沒下文了……

「大迫綠老師不是說我有才能，大澤老師不是說我的畫至少都可以入選嗎？」真想大力搖晃他們的肩膀問好好問一問：「老師怎麼可以騙人啦，嗚嗚……」

直到有一次帶新作品回學校給老師看時，大迫綠老師說：「妳最近的畫怪怪的，有點不知所云，不如去旅行放空一下吧。」剛好也在教室裡的真知同學對我說：「比賽本來就是要『一直一直不斷』地參加。」

連小我十歲的真知同學都比我成熟，自己真的是太天真了，而且我的確也是太心急了，可是「誰叫我是外國人簽證有時間限定呢」，但是急也沒有用，更何況我後來才發現，自己根本就還有很多事情還沒有準備好！

雜誌裡的插畫家教戰手則說：「想要當一名專業的插畫家，請先準備好必備的三個生存工具——名片、網站、作品集。」

名片上的插畫代表初次見面的人對畫風的第一印象，很重要請好好表現；網站可以讓拿到名片的人看到更多作品或方便網路宣傳，另外也可以賦予對方某種程度的信任感；作品集請「一定」要用Ａ４資料夾，因為具有「個人特色」的不同尺寸或開本的作品集，反而會造成編輯們收納上的困擾。作品集資料夾還有一點要注意，編輯們要是某一天想到某本書或企劃適合你的某幅作品，可以從資料夾抽出單頁來和其他插畫家做考量比較，所以這裡請記得在每一頁都印上自己的連絡資料，以免編輯們想不起來是從那一本作品集裡抽出來的。此外書背的設計，也要讓編輯一眼就可以從書櫃裡找到你的作品集……

所有枝微末節都有其背後的目地與想法，那些才是最重要的，而不是為了設計而設計。過去在台灣當美術編輯時，不懂的那些最重要的本質，在日本為自己的插畫事業做作品集的設計時，才體認到那麼一點明白。

作品集出爐，接著就是寄送給雜誌裡條列出來的出版社和設計事務所。才做了五本再加上郵資，那個月的生活費就拉警報了，但是結果卻依然是石沉大海。後來看了網路上某位日本插畫家的奮鬥日誌才知道，人家可是寄了七十本才開始有工作機會，我那五本算什麼啊！

「只是畫得好並不算什麼，更何況日本會畫畫的人這麼多」、「許多連畫的這麼好的人都曾經這麼努力過」……這就是現實，自己是那麼地渺小和微不足道，我真的是太小看了夢想的重量。

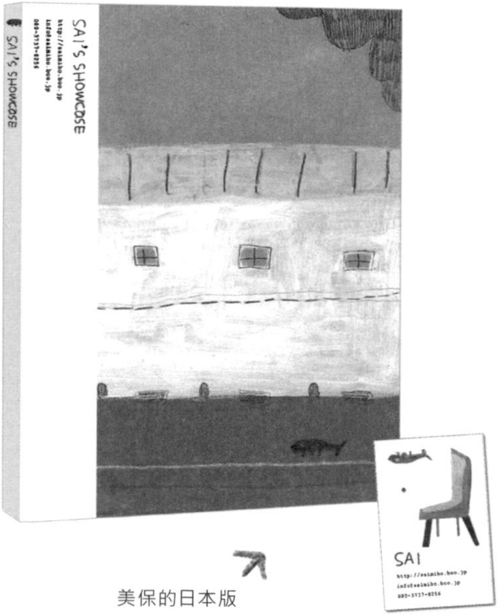

美保的日本版
作品集和名片

向所有為了豐足精神生活而餓壞肚子的藝術家——致敬！

雖然幸運地申請到了打工度假簽證，但是我一直提醒自己是為了能畫畫而留在日本，並不是為了打工或度假。因此為了爭取創作的時間，一個星期只打三天工。基本的生活雖過得去，但若有事回台請假、遇到日本的年假暑假排班變少，或是為了參加比賽有額外支出的話，就會經濟拮据火燒屁股。就像那個夏天的月底……

「咦！放在桌上整盒的鳳梨酥咧？」

「沒錢吃飯的時候覺得它好好吃喔，那不是要給我吃的嗎？」我不知不覺居然吃光了室友親友從台灣寄去的鳳梨酥。

「呃，好吧……」善良的室友無奈地說。

某一個薪水入帳的前夕，身上只剩日幣五百元和戶頭提不出來的三十二元（話說提出來也於事無補就是了）。用日幣五百元解決一頓晚餐其實並不難，但是到了便利商店「啊……這個也想吃那個也想吃，加起來就超過了」……囧啊！

還有第一次參加東京三菱商事Art Gate Program的徵件比賽時，網路檔案審查的第一階段，投稿的五幅作品全都通過，咬著牙花了錢裱框郵寄過去，居然全軍覆沒!!!不僅夢幻獎金沒到手，敗陣作品的歸件郵資也要由作者負擔！跟朋友抱怨還被說：「白癡喔！妳不會說那些作品我都不要了。」「那些都是我的小孩啊，怎麼可以被當成垃圾不要!!」朋友雖然是好意，但是感覺受到二次傷害的我，深深地體會到了，什麼叫作「成者為王，敗者為寇」……

那時NHK正在熱播「鬼太郎之妻」。這是日本漫畫鬼太郎（也改編成卡通播出）作者水木茂，由他妻子寫的書改編而成的真人真事連續劇。敘述她從家境小康的商人之女，變成三餐不濟的漫畫家妻子，兩人一起經歷酸甜苦辣的溫馨勵志故事。

劇中的時代背景日本的出租漫畫（注：只會放在出租漫畫店，不會拿去賣的漫畫）正急速沒落中，漫畫家水木茂長年堅持他的妖怪漫畫夢，最窮時家裡連衛生紙都買不起，和妻子一起吃爛掉的香蕉，兩個人還互安慰說：「香蕉就是要爛爛的才甜嘛」……讓我最深刻的一幕是，因戰爭失去一隻手的水木茂，騰空般地在黑夜中單手騎著腳踏車，卻怎麼也衝不出黑暗……那畫面呈現當時主角的內心世界，實在是太貼切了！

我不禁和現實中的自己重疊在一起。沒有人確定前方一定會有光亮，但是水木茂即使在黑暗中，還是那麼努力地畫著漫畫，跟他相比，自己真是小巫見大巫了，我也要像他一樣加油騎出黑暗！

後來水木茂終於得到了世人的肯定之後，他曾對妻子說；「妳看這裡的線條是不是變粗重了，那是因為現實中被貧窮追趕的壓力，讓下筆時不由自主地用力了起來……」當那段深刻的黑暗日子，變成了短短幾句話之間的笑談，又或是作品中線條的零點零幾毫米的「力道」，或許會讓人覺得很不值得，「為什麼不輕輕鬆鬆地過日子就好了呢？」但是也許就是非得要這樣，人生與作品之間的層次才會讓故事真正地動人！

每個人都有自己的選擇，因此我要向所有堅持並認真對待藝術的人們致敬！感謝你們的無怨無悔為這世上帶來的美好。

終於聽懂日本人沒說出來的話

在日本的第一年，雖然沒有日本朋友，書和電視也看不懂，但是身處像密碼四處流竄般無法解讀的日文世界，每天都充滿了新鮮。第二年天天在日本人同學堆裡上課，慢慢可以和他們聊天，電視節目也變成有趣了起來，就像打開新世界一樣地，有好多不知道的日本等待被發現。到了第三年，雖然起因只是一些小事，突然察覺到些「不適感」的我，好像有點懂了東京愛情故事裡，女主角莉香內心的痛苦……

雖然已經是二十幾年前的日劇了，但是我在幾年前為了練習日文而把它找出來看時，卻看到了許多當下生活在日本的感觸。也許很多人已經知道情節了，這裡就稍微「溫故知新」一下吧。莉香是在國外長大的海歸子女，總是開心就大聲笑，喜歡一個人就不顧一切，想要擁抱完治（男主角）的時候，就會在大庭廣眾之下不由分說地大力擁抱他。可是這樣的莉香常讓完治覺得非常難為情，雖然他也喜歡莉香率直的個性，但總說不上來心頭的一種違和感。莉香的情敵就非常的「日

本」，溫柔又善解人意，約會總是會提早到，講話懂得只講一半，正好留空間給男士們展現騎士精神……雖然結局的最後一幕，莉香似乎在海闊天空的國外發展得很不錯，變成了一個神采奕奕的女強人走在東京的街頭，但是當她巧遇完治時眼角不經意流露出的寂寞，就像兩人之間的那場短暫又永恆的回憶，真不知道曾讓多少的觀眾揪心啊！

每次看日劇，都覺得日本人其實一直在觀察、反映、和反省自己（不然他們怎麼會把自己的缺點演得這麼好）。去了日本之後，我更能完全理解莉香在東京那麻煩的人際關係中，綁手綁腳的不適感，以及她和完治之間存在的不僅僅是個性，還有文化上的差異。

日本的社會其實早在百年前，大家私底下就偷偷定好一套完整的潛規則了。不是他們不直率、愛迂迴，而是不照規則走的人就是會被當成異類。如果照著潛規則，會發現他們其實很有主見的。最淺顯易懂的例子就是，如果你對日本人提出建議或邀約，他們回答：「大丈夫」，意思就是「不要」，如果他們回答：「不用了」，意思就是「就跟你說不要了」，如果他們再回答：「我不想去或我不接受這提議」，意思就是「你再跟我說一次試試看」。這其中的換算公式雖不難理解，只是不知道的人就真會不小心會錯意。

就像有一回，餐廳裡的某位主管，順口問我要不要參加年底的忘年會（尾牙），我只不過是照實地說了，「啊！那時不在東京可能沒有辦法」，對方明顯地表情就怪怪的了。後來才知道正確的說法有兩個，一是「反正先答應」，之後再跟身分比較沒那麼「高」的日本同事找個藉口表達不能到歉意即可；二是「總而言之先不斷地道歉」再解釋個人的理由即可。通常以方案一為上選，因為基本上對「上面」的人是不可以說「不」的。請大家評評理，這是不是很累人啊……

此外，日本人基本上都是甘地的和平主義追隨者。和日本人的談話閒聊中如果有意見不合的部分，他們大多不會直接否定去破壞談話氣氛，反而會先順著先說一句：「說的也是耶」接著便逕自抒發其意見，婉轉地表達「其實自己持相反想法」，或是反正他們還是做他們的，實行「不合作運動」。不過能和我成為朋友的人，通常都是喜歡率直，又或者希望自己可以更率直的日本人。可見有時候他們也是滿苦惱於自己的民族性的。

只是來自台灣的我，難免還是會有不知道他們真正想法的時候！（而且應該還不少吧）尤其讓我困擾的是，有時他們的「潛規則行為模式」已經表達得非常明顯了，但是反應慢的我要到很久之後才發現：「啊！原來那時，他們是那個意思！」然後就會覺得自己真的像笨蛋一樣。

還有日本人都很謙虛，那是一種習慣。如果不知道他們是在和你客氣而說實話的話，就難免要變成笨蛋了。我想起美術學校剛畢業沒多久時，有一次我傳簡訊給學校一位同學，提醒她要記得回學校來帶走自己櫃子裡的東西，再順便問她工作順利嗎？有展覽或活動的話要記得通知唷。她馬上就回應我了，除了表達謝意還謙遜了一番說自己才剛開始而已，展覽還是很遠以後的事呢。文末她順口問了一句：「倒是蔡桑有展覽的話，請記得一定要通知我唷。」傻傻的我那時就認真地打了長長的簡訊說，其實最近在朋友的小餐廳裡有掛上自己的畫，勉強算是個小個展吧，但是因為剛發生三一一震災，覺得好像不是邀請大家去看的時機……沒想到從此，這位同學就再也沒和我連絡了，而我在恍然大悟自己當年的「白目」之後，想到以誠待人被誤解成在炫耀，其實多多少少內心還是有種受傷的感覺。

待在日本的第三年，因為突然發現自己好像聽懂了日本人沒說出來的話，並往前追溯在那之前自己到底做了多少蠢事的一番「覺悟」之後，雖然有時候會很害怕自己不小心又踩到那條看不見的潛規則，行事變得有點小心翼翼，也因此常常覺得很累。但是一個人的本性是很難改變的啊，我想無意間應該還是有不斷地踩到一些日本人的「線」吧……但是再怎麼說我本來就不是日本人啊！後來我覺得只要有盡力表達出誠意就好了，否則壓力實在是太大了。

不久後我又發現，並不是所有的日本人都是這個樣子的。土生土長的日本人裡面也會有「莉香」喔。

在上野附近的個展時，認識了一位和先生一起開設計事務所的阿姨，她熱情地約我去事務所「玩耍」，後來我默默地就變成他們的家庭之友成員之一了。已經有點習慣普通日本人的我，總是會被阿姨直率的言行給「嚇到」，於是就會忍不住遙想阿姨這大半生一路走來，一定也和莉香一樣曾經歷過無數的波折吧……

迎接三十歲的那個夏天，畫的顏色變了！

過去學校的老師總是說我的畫明度太低（暗暗帶點灰）、畫面太滿。雖然不是不認同，但是不知道為什麼就是改不掉。直到來到三十歲的那年夏天，畫裡的色調和有些事，突然改變了……

二十六歲的我，曾經為了快要三十歲而心慌過，想要好好握剩下的青春，會去日本可能也與此有點相關吧。但是後來我想開了，覺得人生不應該要自己限制自己，「誰說三十歲一定非得是什麼樣子不可？」

在唸語言學校時，認識了一些年紀相仿的朋友，其中很多人回國的理由都是：「你要知道我們都年紀不小了！」、「要是我還十七、八歲的話，可能會選擇留在日本打拚，可是我都已經二十六歲了」……我覺得這不是很奇怪嗎？為什麼年紀大了就不能給自己機會，錯過了這次，下次我們只會年紀更大不是嗎？為什麼還沒三十歲就決定自己沒有下次了？

不管到了幾歲，都要照著自己的方式自由地活著。我是這麼想的。

但是快要三十的那個夏天，我居然還是心慌了。一字頭的日子即將一去不復返。從今以後被世間看待的眼光，不會再有那份隨年輕而贈送的寬容。想起大學即將畢業時聽過一句同學的名言：「我從來沒有想過我的人生會大學畢業！」不是因為那位同學功課很爛，而是年輕的時候總以為青春無限，猛然才發現自己已經站在另一扇門前了。我相信應該也會有很多人想說：「我從來沒有想到我的人生會三十歲。」但是跨過了才知道，「嘿嘿，你還會四十歲五十歲六十歲咧。」

在那自以為的「人生大限」逼近的前夕，我突然看清了很多以前看不到的問題，也陷入了不斷的自省中。一直以來奉行的生存方式遭到了質疑，那種感覺說嚴重點就好像站在天涯海角的斷垣懸壁，不知道自己該去那裡？

但是人生還是需要找個東西來相信，不然是走不下去的……

「即使明白了自己的缺點，但也不必全盤地否定自己，即使年紀增長，有些東西還是該好好地保留下去。」這是我的省悟。

上面那一段也許有些人會心有戚戚焉，也許會有人覺得：「你是在說啥？」以某次抓著室友自我反省的談話為例：

「跟妳說，我又發現原來我給別人帶來困擾了。」那陣子反正就是腦袋一直在轉來轉去，打完工後回家我衝到室友的房間門口說。

「蛤，什麼困擾？」正在看日劇的室友慵懶地回應著。

「就是啊，我以前都覺得，不管面對熟還是不熟的人，反正先說清楚自己的規則，總比大家先在那裡假惺惺客氣來客氣去，最後還不是要露出真面目來得有效率吧！」我努力地解釋著。

「然後咧？你怎麼發現給別人帶來困擾了？」

「我本來的想法是，反正你有不同的規則或想法就講出來，這樣不是才可以進行下去嗎？」我本來真的也無意強迫別人。

「但是有的人就是沒有辦法一開始就講出來啊，就會被逼著要依著妳的方式。」

室友說。

「對！對！對！我就是這個意思！」我一副「妳真是天才啊」的口吻。

「妳終於知道妳這樣會給別人帶來困擾啦……」室友揉揉眼之後挪了挪身子，繼續看她的日劇去了。

看起來似乎很簡單的事，怎麼會一直沒有發現呢？神奇的是，我的畫也好像進入了「不同的時期」。那個跨越了三十歲的夏天，一股莫名氣勢我畫了不少新作（**P.144**和**P.146**），我開始可以讓它們顏色明亮，還可以及時停住手中的畫筆。也因此對自己從前的作品裡，那一層如影隨行的灰感到非常地不可思議。

「有什麼東西不見了，以及什麼東西被留下了。」被三十歲的篩子過濾掉的部分，或許是已不可復得的純粹也不一定……但是回不去的二十代也只能留在回憶裡，而未來又會如何地轉變？就請拭目以待吧。

RARARA 2012
唱歌到天荒地老的小鳥

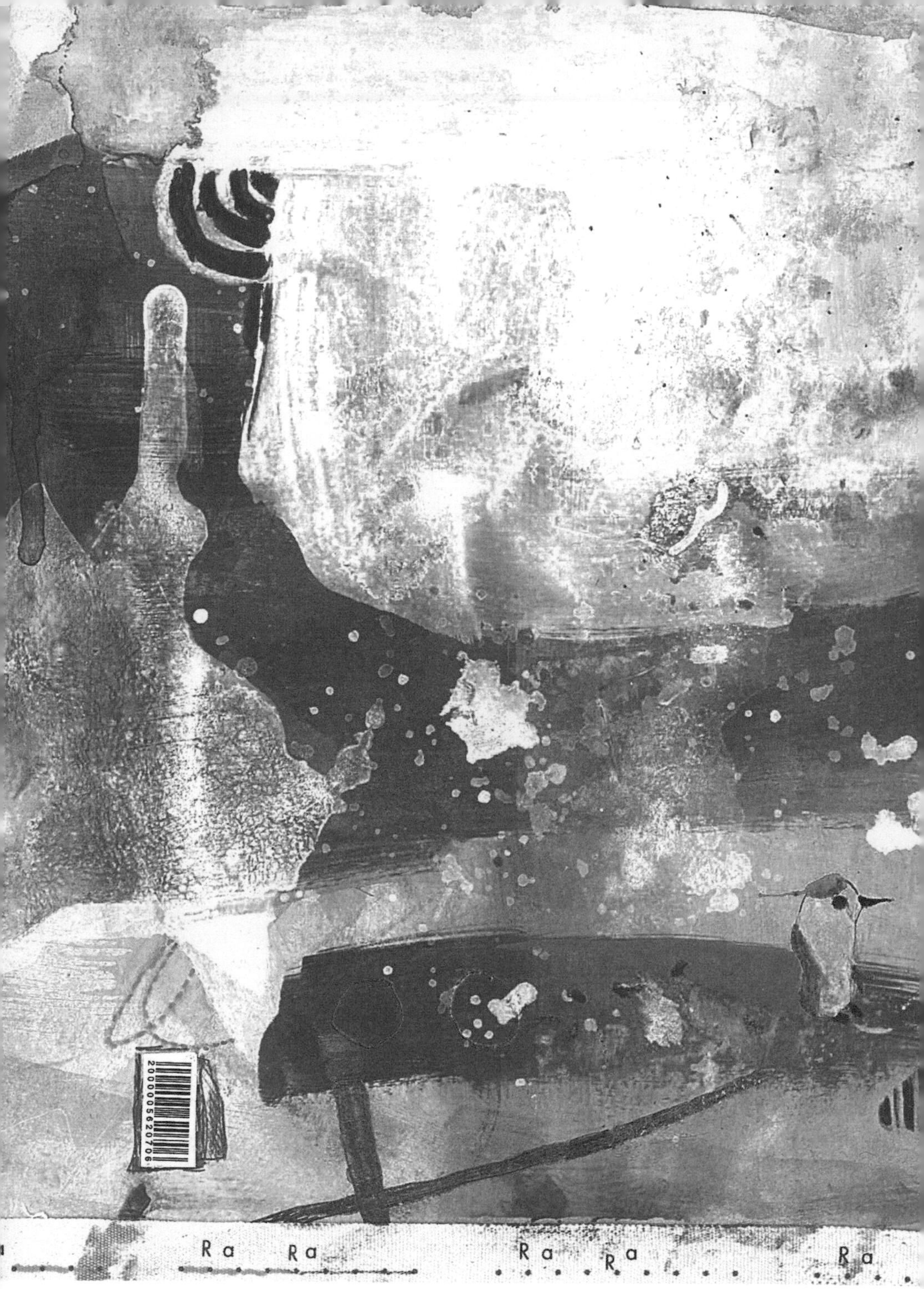
Ra Ra Ra Ra Ra

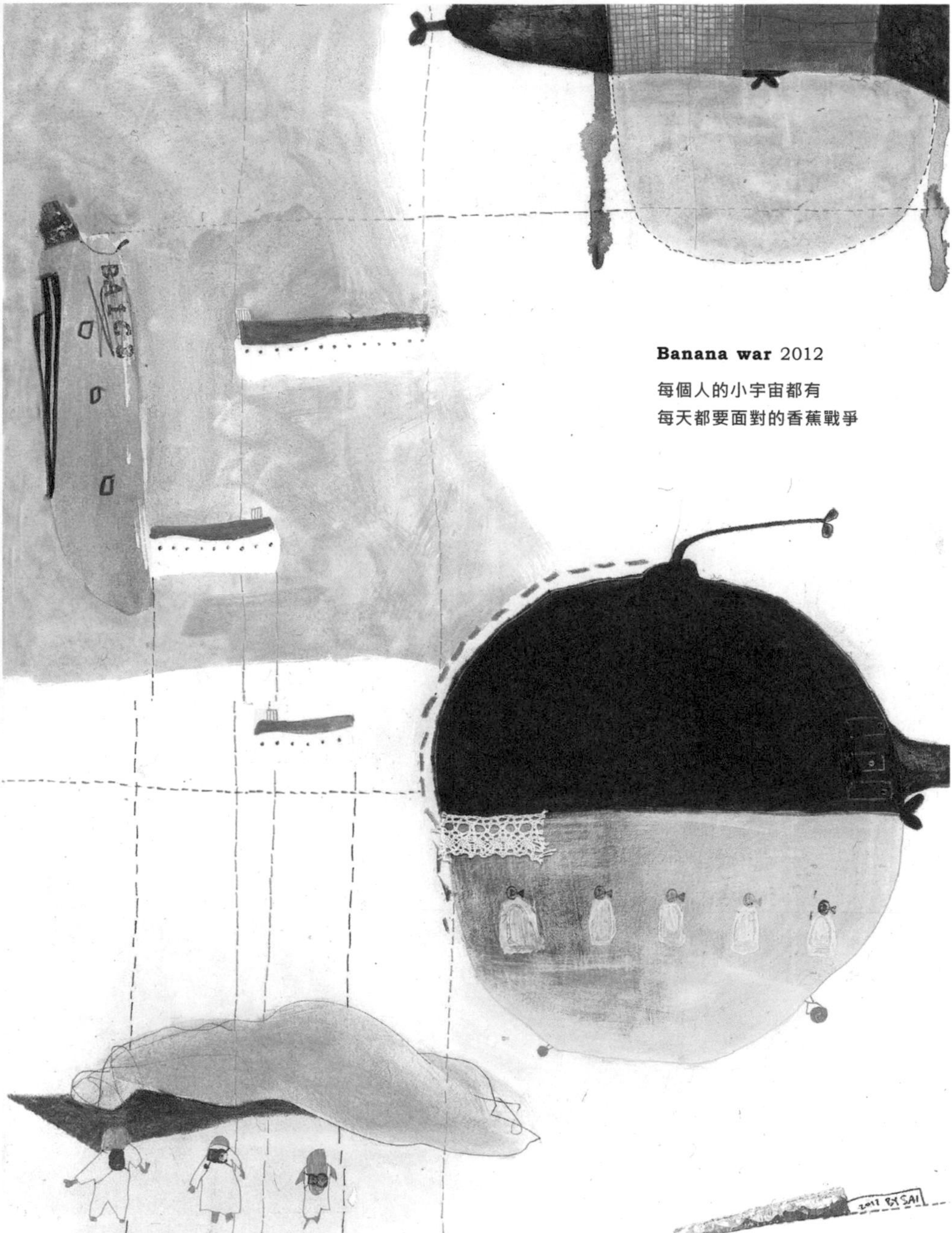

Banana war 2012

每個人的小宇宙都有
每天都要面對的香蕉戰爭

卷 4 找自己的路

Looking for my way

終於可以去日本的出版社見見世面了

因緣際會參加了某家日本公司舉辦的交流會，那裡聚集了許許多多需要人脈的社會人，例如作家、演員、文字工作者、腳本放送家、當然也有設計人和畫家。

我特地帶了作品集去，沒想到正好就坐在一位繪本作家伯伯的旁邊。邀請我和室友參加的小崛桑，是位熱心又親切的大姐，她馬上就為我們互相介紹了起來，原來繪本伯伯已經出版過五本繪本了。伯伯看了我的作品集之後，用很平靜的口氣說他覺得我畫得很好，當我還在觀察這是場面話還是真心話的時候，他居然說他願意幫我介紹認識的出版社編輯，這真是太受寵若驚了！我終於可以和日本的出版社編輯們面對面了！

回到家不久就收到了伯伯的來信，他已經為我先與四家出版社的編輯接過線了，也請編輯們先看過了我的作品網站，接下去我只要和他們聯絡見面的時間即可。

其積極度和效率之快，在在讓我覺得：「真不愧是成功人士啊！」

第一家是「主婦之友社」出版集團，台灣也出中文版的女性雜誌《mina》，就是其中一個部門出版的雜誌。也許是因為高木直子的《一個人上東京》裡，她那和編輯通完電話後虛脫的畫面太深植我心了，我下意識地也拿起了電話……

練習了好久的尊敬語加上緊張，好不容易鼓起勇氣撥通了，負責的編輯居然不在！後來回電給我的人說，還是請我先郵寄作品集過去。「奇怪了，伯伯明明說我可以過去面談的啊？」等到我把作品集寄出去，再**E-mail**跟編輯道謝時，那位編輯才回信表示：「不好意思，上次回妳電話的是另一位編輯」，不知是那個環節出了錯，變成了這樣的烏龍!?我錯失了一次也許可以面談的機會。

第二家我就學乖了，在**E-mail**中先約好了時間，這次終於可以帶著作品去見世面了（這一步這麼會這麼難啊！）。

帶著作品集，一、兩張原畫，以及自己的履歷，大包小包加上天空下著惱人的綿

綿細雨，才出門就覺得：「我累了……」提早到了出版社樓下還得再閒晃一下，因為雜誌上的教戰手冊說：「超過約定五分鐘前的提前拜訪也是不禮貌的！」緊張的閒晃中時間一分一秒地過去，終於，我踏進了出版社的大門。

「您好，我是插畫家SAI（蔡），跟貴社的A桑約好了今天的面談。」

開場了之後突然間就好像不那麼緊張了。緊接著眼前出現了一位大叔，感覺上他像是在鄉間吆喝一聲，村民們就會對他一呼百應的草根領導型人物。他就是今天要接見我的A桑。

他看了我的作品之後，顯得有些苦惱……

「畫是還滿有趣的啦，可是好像跟我們不太合。」大叔粗獷的眉頭漸漸皺了起來。

「是喔……」這時候的我還能說什麼呢？

「妳可以多去參加一些比賽啊，像最近不是有裝幀畫徵選？」大叔開始在幫我想出路了……

「喔喔！那個我知道哇，可是我覺得參加費好貴喔。」現在想起來我怎麼會說出這麼白目的話呢?!

「那麼一點錢也捨不得花，怎麼當插畫家啊！」大叔這是在抓狂嗎？

不知道為什麼，我突然很想發笑（不過我有忍住，不然應該會被他攆出去）。接著我拿出了發呆先生的模型公仔（P.72上圖）。

「嚇!!!這是什麼！」不知大叔為何反應如此驚嚇。

「這是我在學校課題中做的作品，我覺得也許他可以發展成繪本……」日本不是很流行一些怪怪的玩偶嗎？我覺得發呆先生不比他們差呀。

「天啊！我不懂我不懂我不懂……」大叔開始狂抓他那沒有什麼頭髮的大頭，擺明了就是被我搞瘋中。

我也瘋了，居然覺得好好笑。也忘了後來是怎麼把話題收回來的了。最後「按照慣例」地留下作品集的時候，「希望將來有機會的話……」還沒等我說完，大叔就很有禮貌地把我送了出去。

不知道他會不會一回頭就用熊掌把我的作品集撕個希巴爛，還是以時速一百四十公里的力道把我的嘔心之作投進垃圾桶……，奇怪的是我真的不覺得難過，只覺得這經驗實在是太有趣啦！

之後又去了一家規模更大的出版公司，那是在山手線上五反田站附近，整棟大樓都是他們的「學研出版集團」，較為人知的暢銷商品像是台灣也看得見的《大人的科學》雜誌等等。

這一次的編輯就溫柔許多，她說她覺得我的畫較適合走展覽路線，要是我辦畫展，她就會想要來看，但是因為她的部門是走兒童親子圖書路線的，需要的是簡單又易懂的畫風，因此就比較沒有需要我的地方。不過她目前正在負責一本圖文刊物，裡面有一些背景插圖她想要請我幫忙。

乍聽之下第一份插畫工作似乎即將有著落，但是一連串的挫折，讓我開始對事情總是會先半信半疑……果然這位編輯後來並沒有聯絡我，而我也不感到意外。只是一直記得她看我作品時的表情，那是騙不了人的，「要是有這樣的畫展的話，我就會想要來看。」我相信這一句話是真心的。

第四家出版社，連E-mail都沒有回信，我想也許那位編輯只是礙於伯伯的面子，才請插畫家本人跟他聯絡的吧。後來再去交流會遇到伯伯，跟他談起與A桑有趣的「相見不歡」時，「A桑很有趣吧！哈哈哈，要盡力跟他保持聯絡喔！」伯伯果然是成功又成熟的大人。只是我後來厚著臉皮寄去的年賀狀和展覽DM，看來也還是沒有得到A桑的青睞……

雖然以結果論而言並沒有得到任何的工作，不過能聽到編輯們寶貴的意見，這樣的一小步，對我來說已經是「走出去」的很大一步了。

插畫家？繪本作家？畫家？藝術家？

從小我就喜歡亂畫，家裡的牆壁，學校的教科書……幾乎都有被我「摧殘」過的痕跡，但是天下間很少有父母會把孩子送上畫家這條「歹路」，連我自己在去日本前也從未「癡心妄想」過。只是這一路走來，由於對美術有興趣但又沒術科底子，大學時選擇了「折衷」的應用美術系（不用考術科）。做了設計之後成天只用電腦，就更想要用手畫畫了…。雖是如此，即使到了日本，我也還是再次選擇了「折衷」的插畫科，而不是繪畫科。

還在武藏野美學園的時候，就曾被同學問過：「蔡桑為什麼不選擇繪畫科呢？感覺好像滿適合的。」

「不覺得繪畫很沉重嗎？插畫好像就好一點……」我這麼回答著。即便那時一點都沒有察覺到自己畫出來的畫，比起插畫，好像比較偏向畫作。

和出版社的面談讓我正視了這個問題。「以插畫來說，我的畫好像的確是沉重了點」、「沒有把握能控制自己的畫風呀」、「每次只要是被規定畫什麼的話，好像就常常會畫不好」……我深刻反省和思考著自己的創作方式與特性。

「那怎麼辦呢？」我該往何處去啊？

這時候我想到了，從前在學校上漫畫課時曾畫過「阿胖的一天」，因此必須有故事性的繪本，也許我也可以試試看喔！過去作品也常被人說：「好像裡面彷彿有故事似的」，那麼就認真來想想看真正的故事吧！「與其被別人控制不如被自己的故事控制，況且只有自己了解怎麼控制自己」我又打起了天真的如意算盤。

於是我開始狂跑圖書館，跟日本的小朋友一起分享兒童室的繪本。才發現自己看過的繪本其實不多。

「山裡有一個巧克力湖，兔子跳進去了，變成一隻巧克力兔，老鼠跳進去了，變成了巧克力老鼠……最後一堆麵包跳進去了，鏘鏘!!巧克力麵包做好了。」哈

哈哈，這樣也行喔！這是長新太（注：日本著名的漫畫家、插畫家、繪本作家）的繪本《巧克力麵包》。真不愧被日本人稱「無厘頭之神」啊；瑞典的繪本《SAILOR OCH REKKA》系列，平實又創意地描述著瑞典的一個港口小鎮上，一隻狗和一個男人的日常生活，即使故事內容只是他們星期天去教堂禮拜所發生的一些芝麻小事，都讓人看得津津有味，好想持繼追蹤全系列、和他們一直生活在一起……。還有經典的赤羽末吉《馬頭琴》，畫的是蒙古的古老傳說故事。一個日本人怎麼能把草原遊牧少年對馬兒的情感表達的這麼好!?原來作者深愛蒙古，並且曾經去旅行過好幾次……。還有很多很多說不完的故事，繪本的世界漫無邊際，又發人省思。

我小時候看過的繪本，好像只有三字經和一些嫦娥奔月之類的民間傳奇故事，也許很多台灣的小朋友也看了很多繪本，不過後來當我回台灣轉了一下書店和圖書館的繪本櫃後，就覺得日本的小孩子好幸福啊！日本的閱讀風氣盛，繪本市場活絡、又充滿了各種風格不同且多元性的作品……看著繪本長大的孩子，培養出無限的想像力，讓他們未來可以再創造出更多豐富的文化事業。

另外我也常借閱繪本月刊《MOE》，每次都可以從中發現一些有趣的繪本，再趕快衝去圖書館借閱。雜誌中有時候會出現一些「特輯」，其中讓我印象最深的一篇，是關於「遲開的花朵・超高速的生產・突然間的凋零」的作家加岳井宏的記事（請原諒我直譯了文章的標題，因為我覺得這標題實在下得太好了）。

加岳井宏原本是位美術老師，每年都會投稿到日本繪本界的登龍門——講談社繪本新人獎，卻年年鎩羽而歸。直到二〇〇四年終於得到了佳作。由於評審的建言而意識到自己問題所在的加岳井宏，隔年馬上就得到了大賞，並且以五十歲的高齡出道成為繪本作家。接著加岳井宏的繪本事業馬上如日中天，繪本一本接著一本出版，在全日本不景氣的大環境中，他曾這樣幽過自己一默：「我是不是太常出現了。」沒想到二〇〇九年，他卻突然因身體不適入院，在入院五日後猝然而逝。當時手邊還有一本進行到草稿階段的繪本。

雜誌夾頁附錄了加岳先生未出版的「繪本草稿」，那是一頭大象和抹布的小故事（注：日义的大象發音像中文鄒、抹布發音像鄒金）。

有一天大象正在用抹布拖著地板，突然間，巨足下有個小聲音……

「喂！我們來玩交換遊戲好嗎？」大象腳下的抹布居然說話了。

「好……好哇，可是我很重耶。」大象對抹布說。

「沒關係。」於是抹布跳起來變成一個小人，用大象在拖地：

「嚕嚕嚕啦啦啦，這樣就地板就清潔溜溜了。」

拖完了地之後先洗抹布，抹布被洗完後換他拿條大水管洗大象：

「這樣我們也都清潔溜溜了。」

洗乾淨了要擰抹布，抹布被擰完了換他擰大象，於是大象也被擰成一圈一圈的。

最後，在金色的黃昏中，兩個「人」一起被晾在杆子上……

「我們以後再來玩交換遊戲吧。」大象說。

這是一個跟任何人說起，都會得到一句「so sweet」的故事。小孩子聽了應該都能做上一夜好夢。對照現實中作者如戲劇般落幕的人生，真是讓人忍不住唏噓啊。

我也創作了一個故事「阿路八卡？」(P.166)，參加了講談社的新人獎。個人覺得我的故事也滿「sweet」的（自己說的，不好意思），沒想到講談社火速就把我的作品寄回來了……（話說講談社對於沒入選的作品歸件真是驚人的快啊！）

之後又陸陸續續地畫了一些繪本作品去參加比賽，雖然還沒有得到預期的成果，不過卻因此累積了不少的作品。另外意外的是，後來在根津（注：東京地名，靠近上野）個展的時候，因為展示的畫畫筆記本內藏著一隻愛喝酒貓咪的小故事，一位美術學校的同學來看展之後莫名地愛不釋手，硬要夾住筆記本，讓原本在後頁的貓咪見人（**P.168**）…。因此被畫廊的主人**Rin**桑和新婚的法國先生發現，他們也很喜歡這個隻「流浪貓」。

當我跟他們敘述剛完成「牠」時，在美國的大學同學幫我請美國同事翻譯，卻被美國人說這故事「**so sad**」，導致我把「流浪貓」冷凍起來的事時，一向溫柔敦厚**Yan**桑（**Rin**桑的法國老公），臉上居然出現了「美國人不懂的啦」的翻白眼表情……我覺得他真是個大好人啊！

這就是「流浪貓」重見天日的番外故事，更之後在台北的個展裡，我把「流浪貓」變成中文版並且重新裝訂成迷你繪本，留言本裡就有署名「書店店員」的可愛讀者寫著：「真的真的，希望流浪貓能出版！」親身感受到這些溫暖的「小眾」支持，讓我覺得繪本的路雖然也比想像中來得困難，不過我會繼續加油的，謝謝你們。

台北個展時．靜靜躺在桌上的「流浪貓」

美保的繪本秀

目前為止我創作了七個繪本故事，因為自己「任性且無法被限制」的畫風，我在發想時通常只「想一半」，把主角和情節大概設定一下，便任由主角們在紙上自由發揮了……畫了一堆之後，最後再為流暢度或結局調整與整理，看是要再補畫什麼、或故事方向大改也是曾經發生過的事……我認為這種作法反而可以出現一些意想不到的有趣故事，但更有趣的是，這樣看似「無意識」的創作方式，卻好像都從中看到了「自己的故事」。

例如第一號作品「有一點點不一樣的我們」(P.162)是最早創作的繪本。怕水的小鴨、愛吃糖的大魚……都有些與常識中的他們不同，就像我一直覺得自己「哪裡怪怪的」……那同類裡的孤獨感，和跨越了原本的圈圈，找到了「真正同類」的歸屬感，其實就是「某部分自己的投影」吧。以下特別揭載這七個故事的部分畫作。

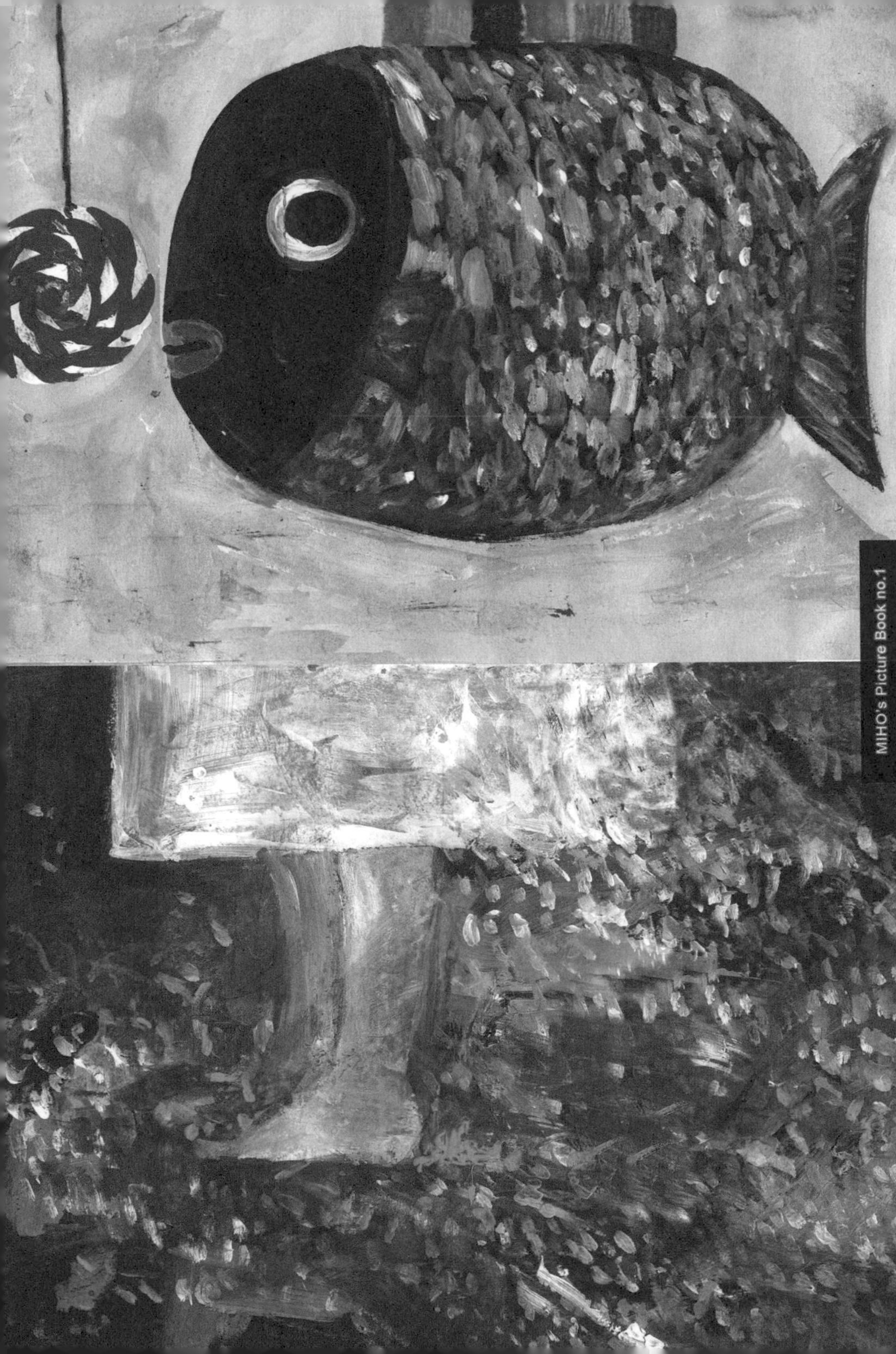

「有一點點不一樣的我們」

原本是為了配合新加坡一位華文老師創作的童詩而畫的繪本，後來因故沒有合作，因此這裡只「秀出」圖的部份。不過另一方面我也發現，所有的「有一點點不一樣的我們」，似乎已經默默發展成另外一個故事了……

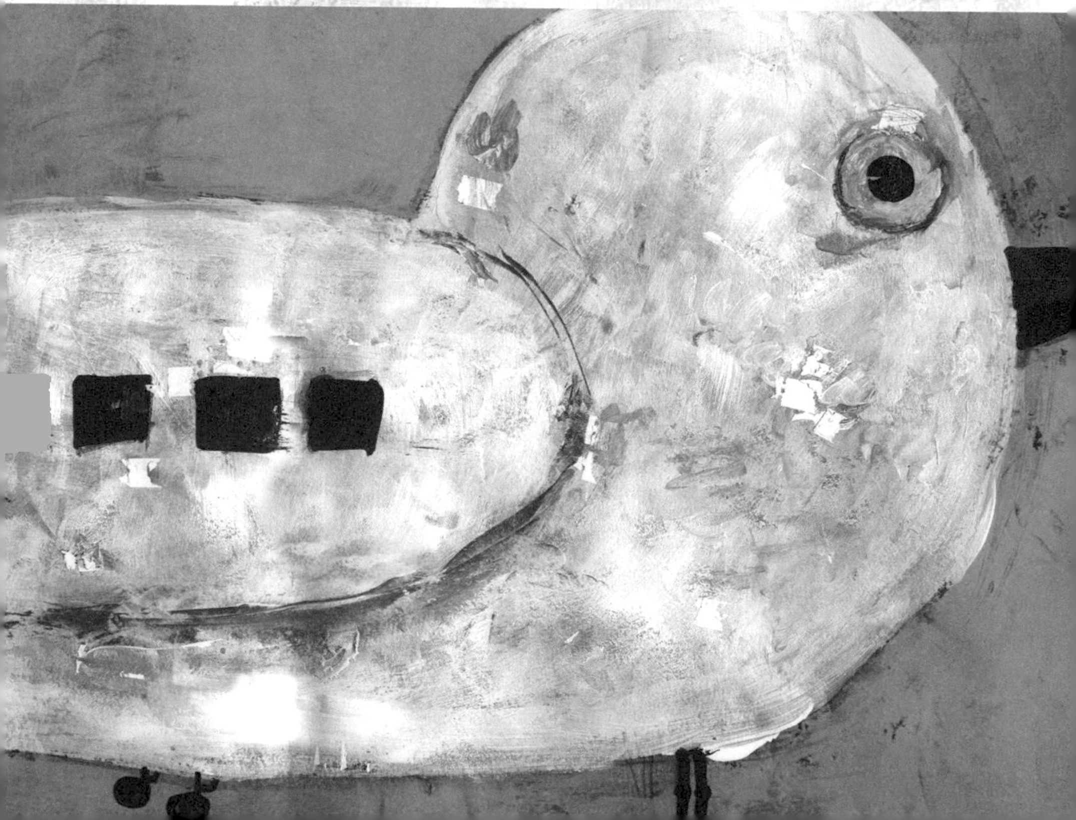

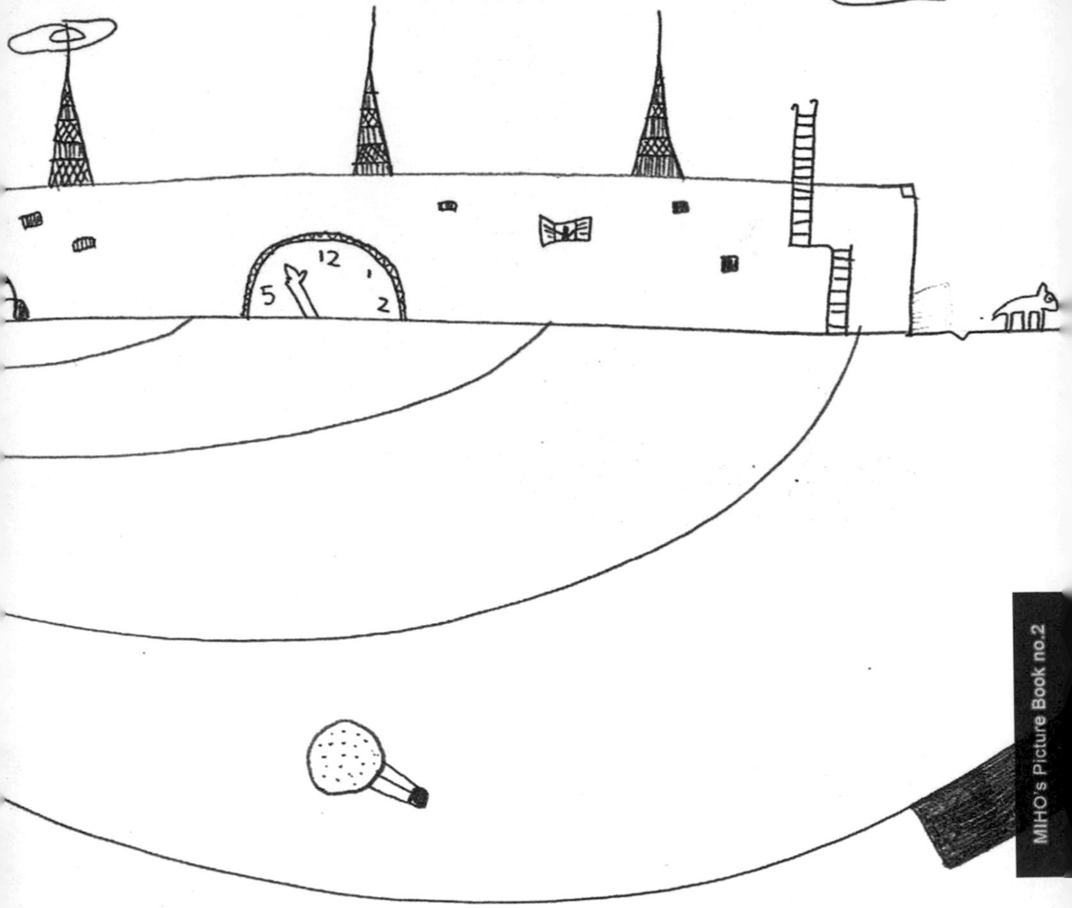

「夢見 」

夢見講的是一隻小熊在夢裡天馬行空的冒險故事。
在台北的個展時也有手工裝訂成書來展示(下圖)。

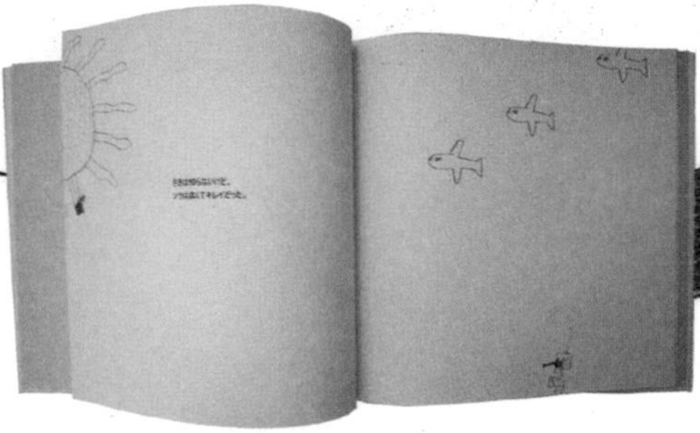

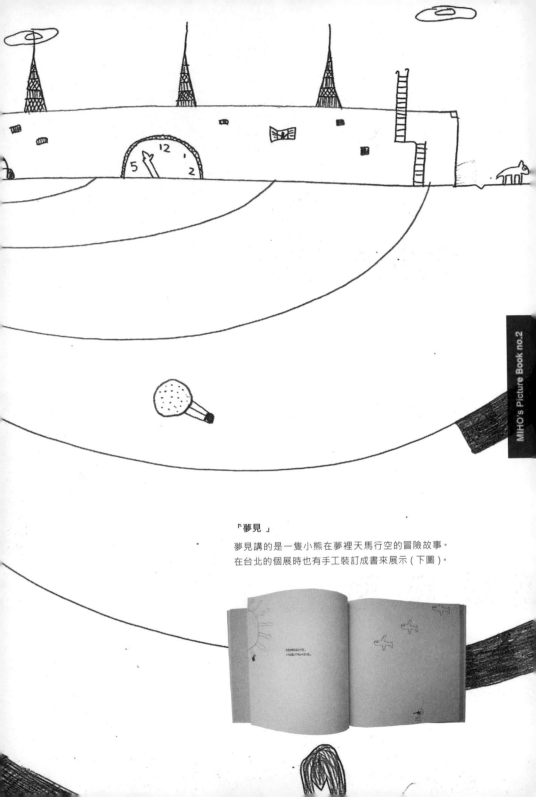

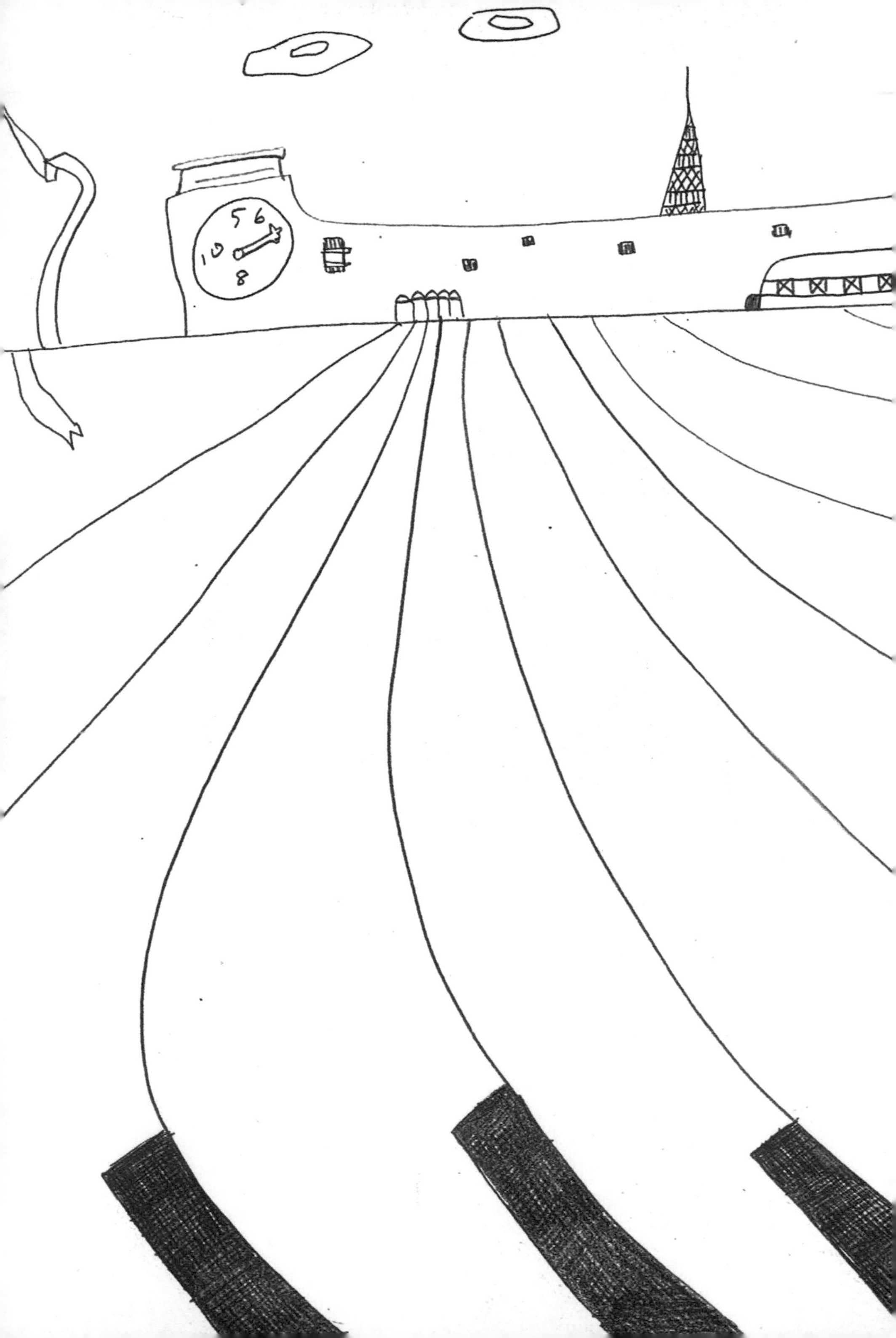
5 6
10
8

手工裝訂成書的「阿路八卡?」，及部分內頁

「阿路八卡？」

阿路八卡指的是日文的草泥馬。

某個地方有一隻「像大樹一樣高，但是長得像草泥馬的『生物』」。

一天來了位老婆婆，她抬頭問：「天啊你好高喔！你是阿路八卡還是大樹啊？」疑似阿路八卡的生物嗚嗚地叫了兩聲，於是婆婆把籃子裡的草都送給牠了。

接下來小女孩跑了過來：「你是阿路八卡還是大樹啊？可以帶我去海邊嗎？」於是巨無霸阿路八卡讓小女孩爬上了頭頂，從那裡看得見遠方的海平線。

後來一個下雨天裡，小鳥媽媽也飛來了：「你是阿路八卡還是大樹啊？可以幫我照顧一下小孩嗎？」接著就把鳥巢和小鳥蛋的放在了阿路八卡頭髮下的鼻子上，那裡不會被雨淋濕……

最後居然來了一隻「真的阿路八卡」：「你是阿路八卡還是大樹啊？可以和我做朋友嗎？」於是小小阿路八卡開始常常在巨無霸阿路八卡樹下看書、休息，夜晚還一起看星星……兩隻阿路八卡好像真的變成了朋友，小小阿路八卡對巨無霸阿路八卡說：「真謝謝你永遠都在這裡」。

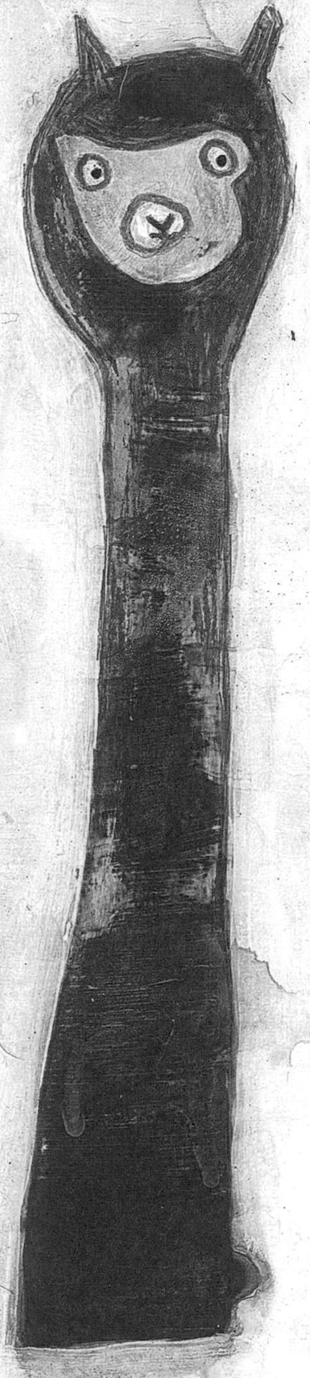

再見了~
把自已最驕傲的尾巴賣掉了
10

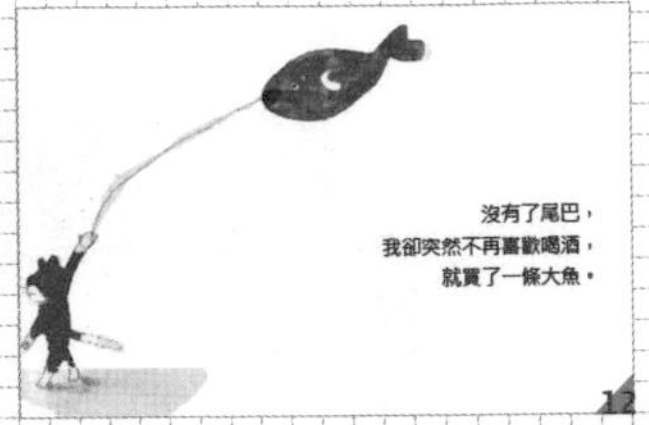
沒有了尾巴，
我卻突然不再喜歡喝酒，
就買了一條大魚。
12

Story,Painting
By SAIMIHO
www.mihosai.com
14

我開了一家店。
OPEN
11

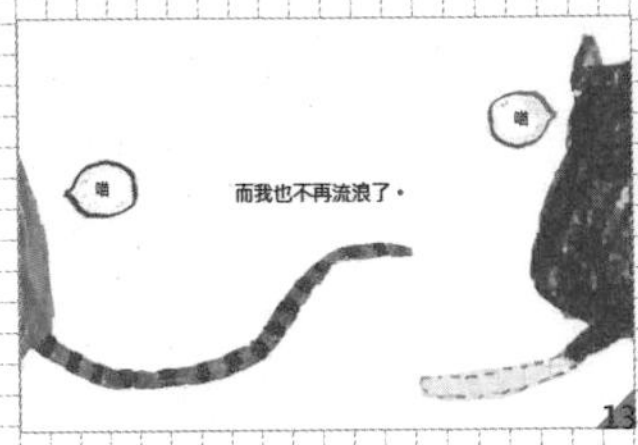
喵
而我也不再流浪了。
喵
13

The End

Are you aright ?

「流浪貓」

有一隻住在海邊，愛喝酒的流浪貓。他總是叫人操心……。右圖為當初被同學發現的筆記本裡的原稿。

流浪のネコ
A Stray cat

大家好，
我是皮琪，
是一隻流浪中的小貓。
01

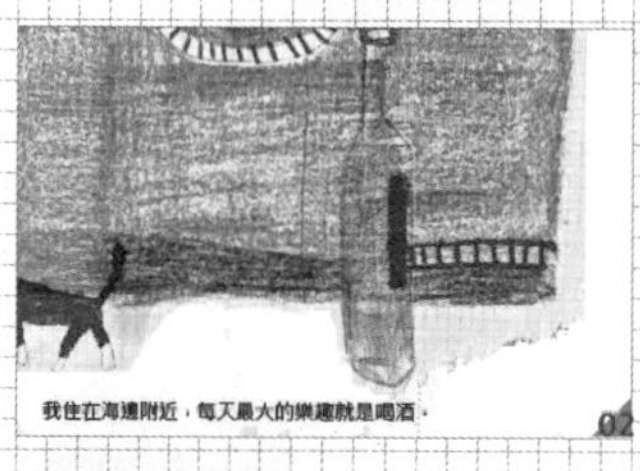
我住在海邊附近，每天最大的樂趣就是喝酒。
02

你還好嗎?
皮琪
每次不小心喝太多的時候，
朋友總是會擔心我。
03

是喝到
哪一瓶啊?
雖然對朋友覺得很抱歉，
但是「流浪」
不就是這麼一回事嗎?
04

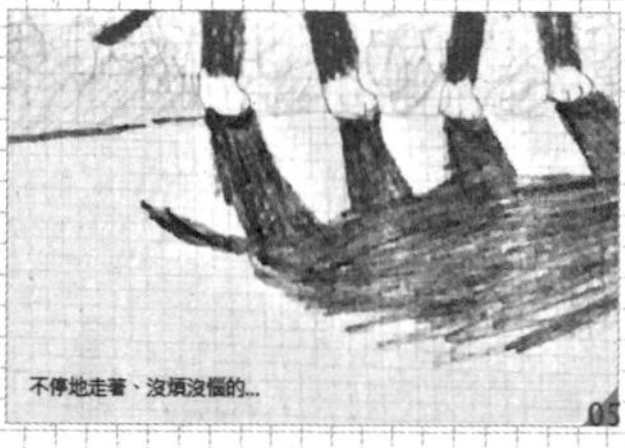
不停地走著、沒煩沒惱的...
05

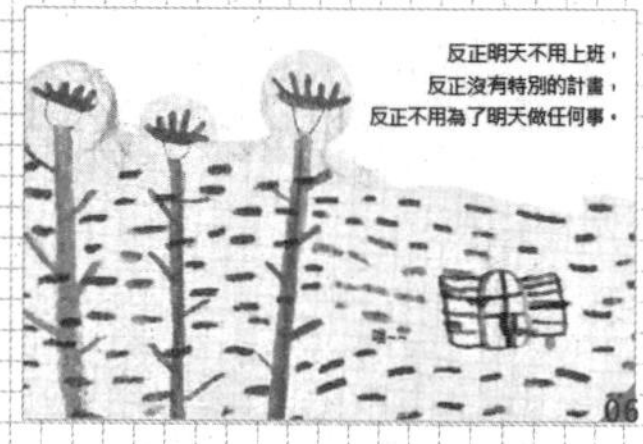
反正明天不用上班，
反正沒有特別的計畫，
反正不用為了明天做任何事。
06

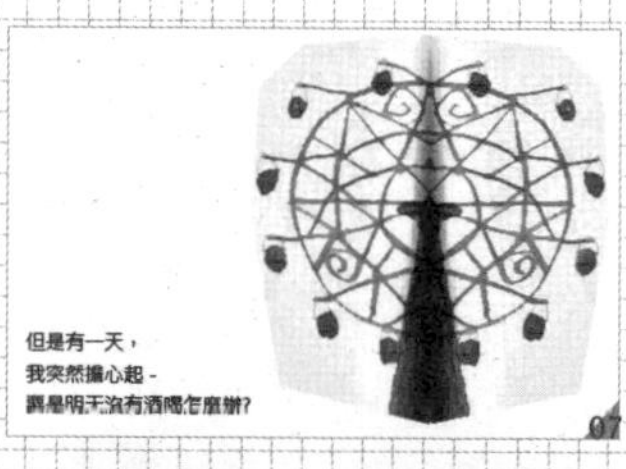
但是有一天，
我突然擔心起 -
要是明天沒有酒喝怎麼辦?
07

看來要想想辦法了...
08

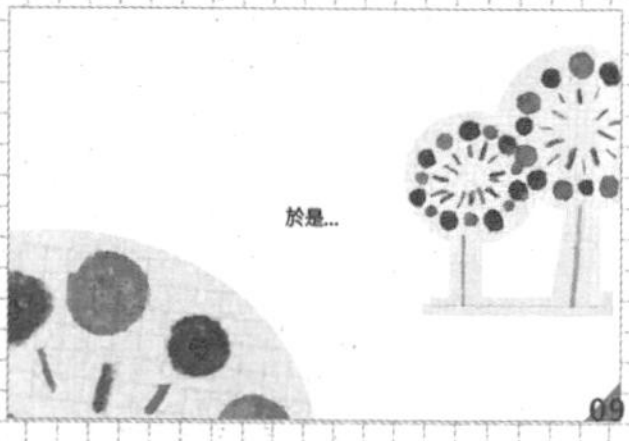
於是...
09

「雨熊」

「每次看到別人穿著漂亮的鞋子出門，我就覺得很嫉妒。」雨熊說。

一隻總是帶來雨天的小熊，為了擺脫命運而遠行，最後卻遇見了命運的故事。

「天使 & 烏鴉」

傳說中，只要飛越彩虹，就可以找到天使，並跟天使求要一個願望。

有一天，一隻烏鴉飛越了彩虹。

「我的願望是，和你交換身體。」烏鴉對天使說……

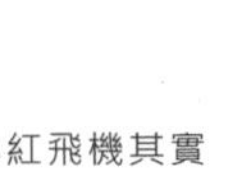

「第 101 次飛行日記」

有沒有覺得很眼熟？封面的小紅飛機其實是美保的最新繪本作品。

有感於日本人工作至上的認真態度，小紅飛機也像普通的上班族一般，早晨要趕起飛打卡，中午在雲朵上睡午覺，太陽變成紅色時正飛在下班回家的歸途中……

最後突然聽到媽媽的一聲「吃飯囉 !!」原來小紅飛機是小女孩的玩具。

「那我們明天再玩吧！」女孩對小紅飛機說。

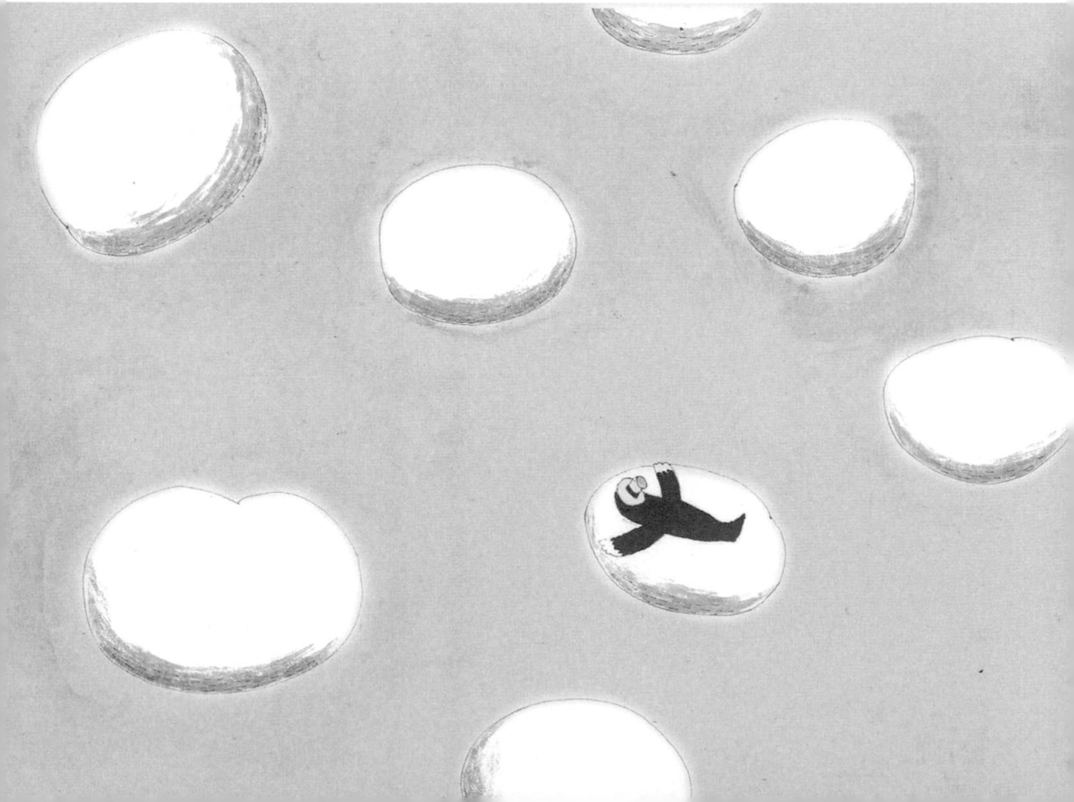

放棄前夕的聖誕節禮物，我終於得獎了！

能做的事都做過了之後，好像也只能等待，即使我在東京的時間，正在倒數中……這是「matsu」（注：日文的等待之意，P.177）這幅畫的時空背景。一張等待中的椅子，冷灰的背景中，澀澀乾乾的筆觸支撐著心中一股炙熱的火苗。

而就在簽證快要到期，辭掉打工之後，新的閘門終於被打開，我得獎了!!

「東京三菱商事 art gate Program」，那是日本最大的銀行——東京三菱，為了鼓勵有志於藝術的新銳藝術家而定期舉辦的募集。只要是日本藝術學校在校生，或三年以內的畢業生，都可以參加的比賽。審查分為第一關的「檔案審查」和第二關的「實品審查」。每次每人限投稿五件作品，過了第一關之後，必須在指定時間內把作品裱框，或做成直接可以展出的狀態，然後宅配到指定的地點。過了第二關的作品就表示入選了（得獎），可以得到每幅十萬日幣的獎金。

MATSU 2012 等待的椅子在台北個展時售出，它終於如願等到了伯樂(私人收藏)

作品會先被展示在三菱的辦公大樓供社員們欣賞三個月，然後在表參道舉辦作品聯展，中間還有 gallery talk 等活動。大約一星期之後就是重頭戲——拍賣會。作品將會從一萬日幣被起標，由現場人士舉牌競標，最後敲下槌子「落札」（注：拍賣成交）的金額，將全數變成三菱支援美術大學在校生的獎學金，若超過十萬元的部分會再折半回饋給藝術家。

一方面教育新銳藝術家：「賣不出畫的畫家沒有任何意義，就是藝術這門生意。」另一方面也藉由這樣一套完整的「再生系統」，培育了更多的獎學金學生，幫助他們成為真正的藝術家，實際上獎學金的學生就常常同時也是得獎者。

「真是聰明的企業，想出這麼聰明的系統哇！」不僅回饋了社會，也贏得了好感度和藝術界的人脈。

前面提過，我已經落選過一次了，這是第二次的參加比賽。由於前一次落選時，收到的落選通知信裡說：「第二次的實物審查除了創作理念、色彩構圖、製作技法等作品本身之外，顏料的附著程度、畫框的狀態等等作品的『完成度』也是很重要的審查重點。」所以這次我更是再咬緊牙，下了重本去訂製專屬的畫框。

「這樣再不行的話，那我也真的沒辦法了。」

所幸老天爺還不至於如此過份。得獎作品是兩年前的作品——「武藏野美術學園四號館」。得了獎，代表我在日本終於得到了學校以外的肯定，有獎金可以拿來辦展，可以參加表參道的作品聯展，接下來還要站上拍賣會講台……在忍受了很久的黑暗之後，在聖誕節的前夕，我終於看到了前方一絲絲希望的火光……

上圖：丸之內大樓內的聖誕樹／
下圖：「東京三菱商事 art gate program」的 DM

啟動展覽模式

確定可以得到獎金之後，我馬上著手開始為個展找尋適合的畫廊。東京一般普通的行價，一日的場地租借費至少需要日幣一萬左右（銀座附近一天要三、四萬甚至價格更高的當然也有），之前去看畫展時曾跟正在顧展的藝術家攀談過，據說舉辦一場五天左右的個展大概需要花掉日幣二十萬（場地費加上裱框費和還有搬運費林林總總），除此之外，還有兩成左右的商品抽成。我只有獎金十萬日圓，實在無法負擔起這樣「一般」的個展。

所幸網路無遠弗屆，我發現了在上野附近，充滿下町風情的安靜小鎮——「根津」車站不遠處，有一間說小不小說大不大的畫廊OkaninaB。從網頁上的照片看起來還滿適合我的畫風的。更重要的是，畫廊老闆是位秉持著支援藝術家態度的藝術家（怎麼有點像繞口令），它的場地費是一般行情的十分之一。

我馬上寫了**E-mail**過去，順利地和畫廊老闆約好了見面的時間。於是約好面談的那一天，我來到了布滿木材感和手工裝飾品，彷彿童話森林裡某棵樹洞裡的魔法房間，**Okanina B**的二樓，那是畫廊老闆——年輕的**Rin**桑的工作室。

「請問妳是怎麼發現**Okanina B**的呢？」**Rin**桑睜著水靈的大眼睛，帶著溫柔的笑意問我。

「就……網路上剛好點到……」我有點緊張地回答，心裡面暗自想著：「不好意思，我是來路不明的外國人。」

「沒有關係唷，我之前在新加坡辦展時，也受過很多人的照顧，可以做同樣的事情，自己也覺得滿開心的。」**Rin**桑彷彿看穿了我的心思，笑意盈盈地說著。

因為**Rin**桑的親切，我忍不住初見面就傾訴了一大堆的挫折：「我本來還想著，如果真的沒辦法了，只好回家吧。」

「我覺得完全沒有必要喔！我很喜歡妳的畫，請一定要在這裡展出。」**Rin**桑一邊輕輕翻閱著我的作品集，談吐出了春風般的話語。

就這樣一發敲定了半年之後的展覽檔期。走出畫廊往根津車站的路上，我覺得腳跟好像不是踩在地面上，整個人好像飛了起來，「這是真的嗎？」好像是真的耶！

接著不久之後，我又收到武藏野美術學園的邀約，要在吉祥寺附近的熱門畫廊舉辦團體展。這對我來說正好是一次極佳的實習機會。「宣傳DM的設計製作、郵寄、店頭放置、海報的設計和印刷、網路宣傳、會場管理、芳名簿、客人的茶水供應、佈展、撤展、謝卡……請大家分工合作。」參與會議時，我忙著做筆記，心想著：「下次這些事就全都要自己做了。」

由於團體展參加的不止有同期的同學，還有很多學長姐，其中不乏有義大利波隆那插畫獎的得獎者，以及現在業界的寵兒。「原來常在雜誌上看到的作品是學長的！」「哇！這位學姐出版了好多的繪本！」我還真不知道學校原來有這麼多傑出的校友！於是就像是一場宴會般地，除了與來看展的客人交流，參展者之間的交流也非常地愉快。

熱門畫廊的場地費用頗高，十七個人攤下來每人還要花上日幣一萬五左右，但是統計來看展的人數，突破了六百人，大家的明信片和複製畫也都銷售得還不錯，我也因此賺到一筆小小的零用錢，雖然比不上場地的費用，但是「真的有人願意花錢買我的明信片和小商品」這件事，就足以讓我開心得撒花外加轉圈圈了。

和學長姐一起佈置展場／一樓是可愛雜貨屋的畫廊門口

GOING HOME

Going to Home in the Winter 2012

為了團體展所畫的第一幅系列作品──
冬季歸途

Wing to the Lunch 2012

為團體展畫的第二幅作品，
小鳥回家了之後把翅膀收進便當盒裡……

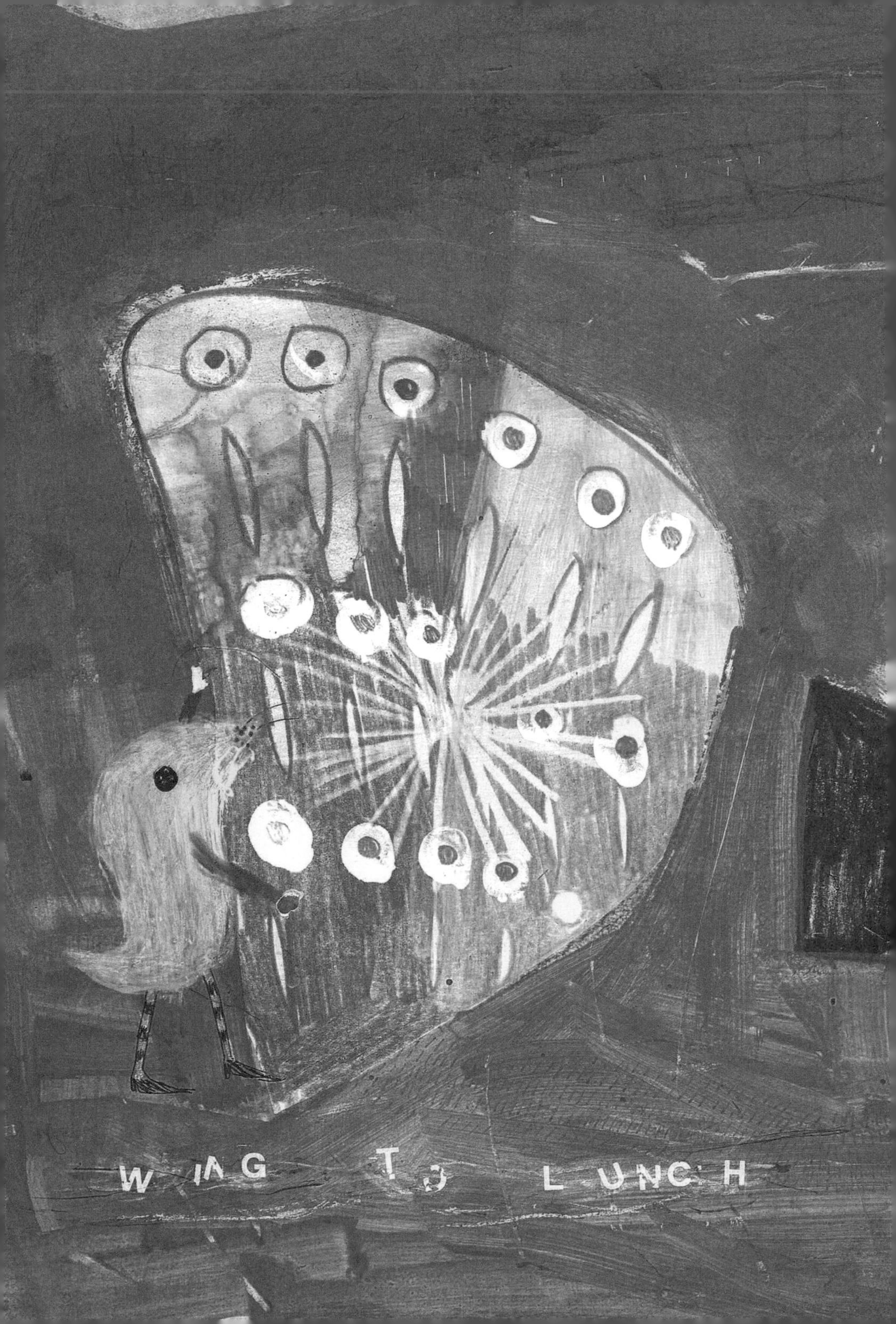
W IAG TO LUNCH

東京美術界這個新世界

得到東京三菱商事的獎項之後，我陸陸續續去參加了不少的相關活動。首先是丸之內大樓附近的「各式各樣的立場對新銳藝術家的支援」專題講座，由佐藤美術館學藝部長立島惠和藝術團體 C-DEPOT 代表金丸悠兒主講。

「佐藤美術館美術相談窗口，對藝術家不管是創作上、發表上、實務上、進路上、經濟上、甚至是心理層面的問題，提供諮詢服務……」佐藤美術館的立島先生在講座上殷切地期望大家多多利用相談窗口。「怎麼這麼好，我需要我需要！」沒多久後我就真的去拜訪了這個美術窗口。

「妳去聽了那個講座了？」沒想到立島先生會親自出馬接見我。

「是的，我得到東京三菱商事的獎。」沒聽清楚問題，我在答非所問什麼啊。

「為什麼要來東京畫畫呢？台灣不是也可以發展嗎？」立島先生靠在椅背上蹺起

了腳，怎麼好像變成了一場面試?!

「因為我是來東京才學畫畫的，其實反而對台灣的藝術環境沒有很熟悉……」這問題的答案好廣泛，隨便抓了其中一條理由就這麼回答了。

「嗯，那妳有什麼想問的呢？」

接著我問了許許多多關於展覽的實務問題，例如一般的畫廊行情和合約問題，DM印刷和畫框有沒有推薦的店家等等，最後我詢問了立島先生對我作品的看法。

「嗯……看起來有些作品的得獎機率滿高的，不止是三菱的作品募集，還有很多類似的比賽都可以多參加呀。」立島先生拿出了幾張比賽簡章給我看。

「啊，這個比賽我參加過，可是連入選都沒上。」我指了指其中一張，心裡想的卻是：「我覺得我的作品沒有比簡章DM上秀出來的得獎作品來得差啊，不懂怎麼會這樣？」

「這個比賽我有參與評審的部分……」立島先生接著說。

瞬間腿軟了一下差點沒跌倒，好險我沒有「亂說話」。

「那麼請繼續好好加油吧！」

「謝謝立島先生特地抽出寶貴的時間給我意見。」幾個月後後立島先生還有抽空來看我的個展，真的是很感謝他。

之後為了見習三個月後的拍賣會，我以客人的身分，報名參加了前一回得獎作品的拍賣會。平常打扮隨性的我，為了假裝成「搞不好會買畫的客人」，還花了九牛二虎之力蒐羅了一身很不自己的行頭，再度潛入東京丸之內圈的大樓叢林裡。在偌大的會場裡，和朋友一起學別人有模有樣地舉起高腳杯喝著雞尾酒，但是競標板還是放著就好了吧，呵呵。

表參道作品聯展的 gallery talk 我也參加了。第一次見到其他的得獎者，他們大多都是東京藝大、多摩美大，也有京都名校的現役生，一張張稚氣的年輕臉孔，還擁有著無上限的人生「扣達」，身為他們其中的一份子，讓人有種「好像自己也年輕了起來」的錯覺。

輪到我發表創作理念時，雖然事前有準備，但是當麥克風遞到手上時卻剛好沒電，而且由於我的作品被掛得很高，在舉手遙指自己的作品時，還被主持人提醒「請小心不要碰觸到別人的作品」，我想如果當天有頒發「全場最糗獎」的話，得獎者應該非我莫屬吧！

值得欣慰的是，在和同是得獎者的交流中，我得到了一位小粉絲——武藏野美術大學的土屋小姐，她不斷地說我作品集裡的每一幅畫她都很喜歡，請以後有展覽活動時一定要通知她。突然間，一整天的囧感瞬間不翼而飛，感覺這一切都是值得的。

拍賣會初體驗

「為什麼到這個歲數，還要讓我這麼地緊張？」輪到自己的正式拍賣會的前一晚，一想到隔天要面對的大場面，我就無論如何也難以安心入睡。

於是大清早帶著熊貓眼，搭上橫越山手線的中央線直衝東京車站，下午三點開始的拍賣會，早上十點就要集合了。

「最近真的跟丸之內大樓很熟，這裡真是一個會讓人感覺到虛榮心的地方。」

在等待全員集合的時候，想要先進大樓借洗手間還被阻止了：「因為大樓保全系統的關係，可以等全員到齊再一起進大樓嗎？應該沒有很急吧？」

「可……可以啊。」這地方真是讓人無法放鬆啊。

接著工作人員分給每人一張識別卡。進入大樓，再跟著指示牌進入了一個簡報房，便能找到放有自己名牌的座位。首先上次gallery talk的主持人柴山先生播放了一小段影片，簡述了今天的流程、活動的宗旨，以及美術商業的產業結構。

「連結創作者（生產者）和消費者的中間人（畫商）扮演著很重要的角色。」柴山先生很清楚自己的職責在於——好好教育眼前的白紙們了解真實社會的遊戲規則。「另外請大家記住，等一下自己的作品被『落札』後，親自去跟買家道謝雖然無可厚非，但是請好好觀察現場的氣氛，千萬不要干擾到買家對下一幅畫的競標。」柴山先生真是面面俱到啊。

「最後附帶一提，請大家要有身為社會人的覺悟，通常接到電話時請先報上自己的名字，這是最基本的電話禮儀。」

我怎麼覺得這好像是在教育我這不明白規矩的外國人，因為我的確每次接到電話都沒有先報上自己的名字，「喔喔，原來要這樣啊！」

行程很緊湊，接著我們馬上被帶到會場實地進行彩排。穿著正式服裝、戴著白色手套的工作人員們都已經在會場待命了，他們負責在得獎者上台時，把作品從後面的展示區，小心翼翼地抬上講台（同時也正好為客人繞場展示）。講台上得獎者的背後是面巨大的投影螢幕，方便座位比較遠的客人也能看清楚作品以及得獎者的表情，「這真是太害羞啦！幸好自己並不會有看到投影螢幕的機會。」

每位得獎者的發表時間只有二十秒！彩排時如果得獎者發言超過二十秒，台下就會有位阿姨一直舉牌示意請住嘴。「叫我二十秒以內用日文自我介紹和發表創作理念，真的會咬到舌頭耶。」因此接下來的所有空檔裡，我都在反覆地背誦著自己的台詞。

兩點開始是和客人的交流小酒會，每個人帶上自己的作品集、名片和展覽DM站在自己的作品旁，等待有緣人的靠近。

一開始都沒人要理我。「前面日本畫的京都小妹也太多人圍著她了吧。」「後面的後現代大哥人氣也很旺耶。」「原來我的作品有這麼冷門啊。」「哎唷，妳的風格是親民還什麼的啊，這裡的『上層人士』當然有共鳴的不多。」當我正在腦中自我對話解嘲時，終於有人靠近我的畫了！

「這是真實存在的建築物嗎？」來者是位穿著粉紅色襯衫的伯伯。

「是啊對啊，是以前念的美術學校，在吉祥寺。」我努力試著多說些什麼。

「嗯嗯，顏色很可愛喔！」伯伯怎麼好像也詞窮啊。

伯伯之後，又有一位和台灣藝文界有往來的畫商笠木先生給了我名片，還有在三菱上班的主管阿姨也來跟我聊天，最後三位大姐走了過來。

「你們看你們看，就是這幅這幅！」其中一位長得像豪氣版李倩蓉的大姐，好像是特地來找我的。看她們興致勃勃的樣子，我也敞開了心房跟他們介紹作品集裡的其他作品：「請看這一幅，叫做咖哩與鋼琴，因為咖哩味道不是很重嗎……」

「啊哈哈哈哈哈哈哈！」我話都還沒講完大姐就失笑了。搞不清楚是那個笑點讓一個日本人如此失去控制？

不過看她這樣，心裡一種荒謬的成就感，我也開心了起來。很想跟大姐們多聊一點的時候，拍賣會就正式開始了。

這次我的運氣不錯，是第七位上台的（不是太前面，又不用緊張地等太久）。

「大家好我是台灣來的SAI（在日本用的筆名，與其說是筆名，其實是『蔡』的日文發音），這是我以實際上存在的學校校舍和空想的動物為主題畫的作品。」口條果有練果然有差，看來一切進行得還滿順利的。

「請問畫面上建築物後面那很像羅馬拱門的橋是什麼呢？」主持人提出問題。

「喔！那個是通過學校附近的中央總武線。」我如實回答自己當初的「狂想亂畫」。

突然間全場哄堂大笑。「應該是因為那真的很不像中央總武線吧？不過有必要這樣大笑嗎？我真是不太懂日本人的笑點！」只能跟著傻笑了起來。

「那麼再請問，台灣不是也有很好的美術教育嗎？為什麼蔡桑要跑來日本呢？」

又問我這種很難解釋的問題，「原因真的很多，要從何說起好呢？」

「因為我雖然從小就喜歡畫畫，但是畫家這條路好像很辛苦，所以之前在台灣念的大學是關於設計的……」雖然這是我想要表達的內容，但是當場用日文講到一半時，我的語言組織能力又失控了，而明顯地，台下的日本人也發現了。

「好！那麼接下來希望得到這幅畫的客人們，請你們踴躍舉牌吧！」主持人見我開始胡言亂語，趕快接著開始進行拍賣。

在那時空裡，我雖然人是站在講台上，但是腦袋是真空的，時間是靜止的。回過神來時，喊到「一萬！二萬！三萬！」我看見了三萬的時候，李倩蓉版大姐舉起了牌子。然後像電影裡無聲的流轉畫面般地，時間又停滯了好久，最後拍賣槌敲下的聲音讓我醒了過來，那位最初來看畫的粉紅襯衫伯伯，以日幣六萬元落札了我的作品。

「雖然沒有很厲害，但是也不至於丟臉了。」放下了心中一塊大石。粉紅色的襯衫很好認，我馬上去到伯伯的座位旁表達感謝之意。

「這是一幅好作品喔。」伯伯依舊台詞精簡。

「但是有這一句話就足夠了。」我在他的身上看到了之前幫我介紹出版社的繪本伯伯的影子，他們都有一種沉靜樸實又可愛的特質。

我跟粉紅襯衫伯伯要了電郵地址，跟他預告五月時會在根津舉辦個展，「真的嗎？我們家剛好住在附近！」伯伯後來真的騎著腳踏車和太太來看我的展了，只是那時他沒有穿粉紅色襯衫，我覺得那好像是他，但是又怕認錯了人而沒有向前詢問，後來才在芳名帳上確認了真的是他——實在是害羞得太可愛的佐佐木先生。

Curry & Piano 2011
讓大姐哈哈大笑的咖哩與鋼琴

謝謝你們讓我成為畫家／一場無悔畫展

半年前和Rin桑約定好之後，我就一直在腦中想像展場要怎麼規劃，從一個小角落到作品間的抑揚頓挫，我都希望它不止是展示作品而已，而是讓人可以感受到畫裡和想像的整體世界感。

我借了很多美術館展覽相關的書，觀察許多日本可愛的雜貨舖是如何呈現整體氛圍，在寒冷的冬天裡用凍僵的手指捏塑我的立體作品（貧窮藝術家很愛護北極熊，不開暖氣這種東西！）、訂製所有的作品框、一改再改明信片DM的設計、跑遍根津車站附近可以放置DM的店家、最後把二十來件的作品包成一個四十公斤重的巨型大包裹，把宅急便的小哥臉弄綠……三年來的時光即將被濃縮在春天裡那黃金般的十天，開始屬於我的閃閃發亮！

佈展當天，四十公斤重的巨無霸包裹一早就被送到了，感謝Yan桑無怨言地幫我

ありがとうございました
Thank You for coming to "Kind of You" exhibition

把它扛進了畫廊裡。我開始拆解這費盡力氣組貼，如變形金剛般的巨大盒子。Rin桑三不五時從二樓下來幫我拍一些記錄照。當我一個人的時候，正好可以慢慢地感覺這空間該如何與我的作品們融合，然後再火速敲敲打打爬上爬下。

七個小時候之後，窗邊透出了金色的夕陽……「終於完成啦！」真是累癱了。

展期中感謝很多台灣和日本朋友的捧場，下雨的第一天就由輔大在日同學會上相認的應美學姐搶了頭香買了一幅原畫，「我覺得妳可以賣更貴一點」，學姐說。這真是一句動聽的讚美啊，「讓我怎麼好意思再賣妳更貴呢，呵呵」。

有天晚上快要結束前，走進了兩位看來是隨意散步到這裡的阿姨，她們一進門就好像孩子般地睜大眼睛四處尋寶，每一張畫、或每一個角落，都像是要被看透了一般。「我後面沒有寶藏地圖啊！阿姨」，後來其中一位阿姨抱起（拿起）了我的黃色熊寶寶，那戲劇般的動作，就好像看著世界上最可愛的自己的小孩，她說：「真是無法招架耶！」

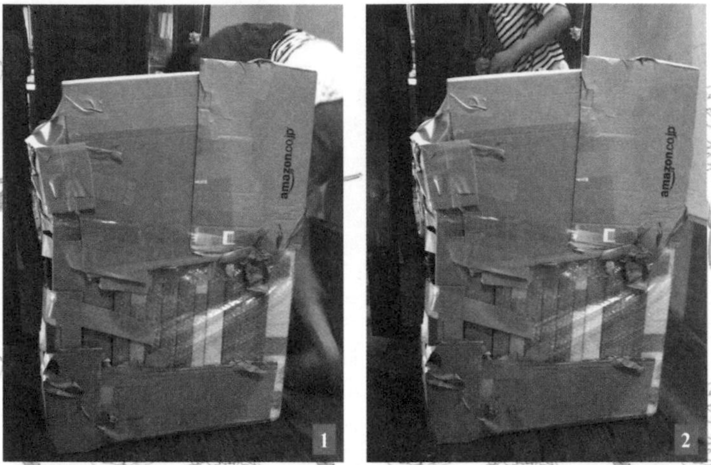

人在異國之貧窮藝術家展覽作品運輸法：讓宅急便小哥差點沒昏到的變型金剛組合過程圖。費了九牛二虎之力弄好之後真的會覺得「我真是天才啊」哈哈！這樣的運送方法雖然累了點，不過只需要日幣 1740 元（只是作品請務必用包材保護好！損壞風險恕不負責喔）。

「怎麼會有這麼可愛的人們，我才真是無法招架耶！」

阿姨們離開的時候除了買了好多明信片，還一直跟我道謝說她們玩得很愉快。讓我那天帶著至高無上的滿足心情回家。我才要謝謝妳們呢，真的！

還有不少客人離開前都跟我說：「我會再來的！」後來也真的帶著靦腆的笑容說著：「呵呵我又來了。」在這之前我從來沒有想過，原來畫展也會有顧客回流這件事，不管最後作品有沒有被帶走，都讓我十分感動！那些真心喜歡某幅畫的眼神，會讓不管什麼年紀身分的人，都看起來變得那麼地純粹和可愛。我願意為了這樣小小的美好時刻付出所有的青春和努力，你們是我生存意義（哈哈哈是不是太誇張啦）！

講到這裡就不能不提畫展中，最經典的溫馨小插曲——小白事件了。小白是我畫的一幅白色貓頭鷹的名字。某個傍晚，一位客人走進了畫廊，看起來就是位老老實實認真生活的日本上班族，他駐足了很久，又不經意地徘徊在某個特定的區域……

陪我一起顧展的朋友忍不住向他搭話才知道，原來他的名字叫志郎，日文裡正好和小白的發音是一樣的！「喔喔原來如此，活生生的小白來看小白了。」

但是原畫小白由於框本身就不便宜，標價也自然讓人無法輕易地出手，最後真人版小白楚楚可憐地拿著小白的複製畫（注：印刷或列印出來的畫作）問我說：「這個真的只要日幣一千圓嗎？」「真的真的！」我很誠懇地回答他。於是他好像很開心地帶著「小小白」，留下一句：「我還會再來的。」轉身回家了。

真人版小白後來真的有再出現，雖然他徘徊許久之後還是沒有帶走「真正的小白」。從芳名簿裡我發現，他原來並不住在東京，能千里迢迢地來看小白兩次，我都想要為小白畫上感動的眼淚了。

此外，透過這畫展也是我第一次賣出原畫給完全的陌生人。那是某個平日的午後，走進了兩位年輕的上班女郎。她們看了一下就走了，過了沒多久，其中一位又折了回來：「我請同事先回公司了。」她笑著說。

SIRO 2012

跟志郎日文發音一樣的
貓頭鷹小白

「嗯嗯沒關係，請慢慢看唷。」我自己看展時喜歡主人不要管我，所以我也會給我的客人這樣的空間（其實還有因為我也不是很會招呼人啦）。

年輕的上班女郎踩著高跟鞋，在畫廊裡來來回回地考慮了很久之後跟我說：「可以讓我買 Rainbow Water 這幅畫嗎？」

「當……當然可以！」因為還沒有聽過有人用敬語跟我買畫，我著實愣了一下。

「不過因為畫展還有幾天，可以等我展完了再宅配給妳嗎？」我真是受寵若驚啊！

「那宅配費就先付一千塊可以嗎？如果不夠的話，請給我戶頭帳號，我再匯款給妳。」她好認真喔。

跟我買畫我就超開心的了，宅配費隨意就好了啦，幹嘛這麼客氣，那時候心裡默默這樣想。

後來撤展時由於來不及宅配，住處離郵局近就想說那還是寄郵局好了，沒想太多之下，結果莫名其妙我寄成了平信，「那麼厚一張畫布不是就自動變小包了嗎？」在日本生活了快五年的我，居然還搞不清楚狀況！上班女郎收到畫作之後，寫了一封很長的電子郵件給我，內容大致是雖然她收到作品了，也很滿意地覺得果然是幅好畫，但是她無法理解怎麼會有人用平信寄送一件三萬塊的作品：「請好好地善待自己的作品！」

我才知道自己又胡裡胡塗地做了多麼「沒有常識」的事。

難怪當時在郵局寄信時想說，「這次怎麼運費這麼便宜啊？」還自作主張地認為，那位上班女郎應該不會計較那剩下的幾百塊吧（日本轉帳一次就要收手續費三百一十五元，為了幾百塊轉帳不是很不划算嗎？）。這下我真是跳到黃河也洗不清自己的白目了，哇嗚。

希望她可以理解藝術家三不五時的生活脫線，我很認真地回信跟她解釋自己真的不是故意的，也主動表達願意退還剩下的運費……

還好她回信告訴我，很慶幸我似乎能理解她並不是因為生氣，而是為了我好，才會說這麼多的「老婆婆心情」（中文的苦口婆心）。信中附上了她的郵局帳號，並細心地解釋用同樣是郵局的帳號互相匯款的話，不用被扣手續費唷。

「人生真是無處不是老師呀！」也讓我見識到了日本人凡事嚴謹的認真態度。

黃色小熊、雲朵上的小紅飛機、SAI的A字鐵塔、畫畫筆記本...

魔法的桌子，這幅畫就是要生來放在這裡的!!

SAI的S招牌和朋友送的康乃馨(展期正好在母親節前後)

佈展中·Rin桑幫我拍的照片

Mr.UFO也來了·不過被卡在杯子動彈不得中哈哈！

歐洲三人組(用瓶子做的·計畫做上一百個·但是做了三個我就累了り)

小紅飛機的飛行日記

繪本大使與烏鴉的畫作也有展示喔！

晚上的畫廊也很美麗

隨手畫給客人的紙袋

小桌子擺一些販售的明信片小物

另一面牆壁除了展示畫作之外·還有平常一些塗鴉和草稿

二樓 Rin 桑的工作室同時也是 KARINBA 樂團 (Rin 桑為主成員之一) 的現場 live, 新歌發展場地

畫廊一樓的最後面是·藝術家的小小休息室·Rin 桑的手作小物讓空間變得十份可愛。

展覽結束時要記得打掃場地唷！

溫馨的大公園／吉祥寺井之頭 Art Markets

剛到日本沒多久，我就發現了我的Powerspot——吉祥寺。也常常去逛從車站走路五分鐘就可以到的井之頭恩賜公園。那裡每個週末假日都會有街頭表演和手作創意市集。沒有想到幾年後我也申請成功，成為公園大家庭的一份子。

在籌備期間曾經試著跟在美國做家具設計的大學同學下訂單：「可以幫我設計一個適合流浪藝術家的行動箱子嗎？打開可以變成一個攤位，還可以組裝在腳踏車上……」不過同學說要想想之後，好像也並非短時間會可以設計出來的。於是我就上網買了簡易畫架、攜帶式桌子等等，把明信片複製畫等商品裝進一個很普通的紙箱，再五花大綁地騎上腳踏車就這麼去擺攤了。這樣的流浪藝術家有點不帥氣，如果正在看這本書的你是設計師，可否幫我想想看有沒有好點子啊。

公園裡有規劃擺攤的區域，但是展出者的位置卻是不固定的，天氣好的時候常常太晚去就沒有位置了。剛開始擺攤時，我不得不承認真的需要一點勇氣，人來人往之間，客人靠近時不知道要和他們聊些什麼？有時候一起身想要介紹一下自己的作品，他們就拔腿跑了！導致我大部分都是打完招呼之後就假裝看自己的書，或盡量避免四目相接……一開始我掛出「寵物肖像畫」的牌子，但是畫了第三隻狗狗之後，就因為受不了跟主人沉默尷尬的壓力，自主性地撤下了看板。

不過度過了一開始不習慣的扭捏之後，我也漸漸能和客人愉快又自然地交流起來了。例如有一天，我的小攤前先是出現了一位歐洲系的帥哥，但是一開口用日文跟他打招呼後他又跑了。

「是不是對金髮碧眼的外國人不能用日文啊？」我猜想著。

沒多久又走過來一個總而言之不是亞洲系的大哥。

「Good afternoon.」我火速直譯了日文的「こんにちは」（午安）。

「妳在講哪國話？」那位大哥居然用很流利的日文問我。

「天呀這是怎麼回事？為什麼老是會被我踢到鐵板？」雖然心裡正在搥胸踱足中，表面上還是假裝鎮定地和大哥聊起了天來。原來他是位學了日文十幾年，已經當上日文老師的美國人，來日本也七年了，是來做研究和拿學位的。「吼！難怪日文麼溜……」

「妳的日文怪怪的，妳不是日本人對不對？」他終於發現了，不……不是，是居然被美國人說我日文怪怪的！

還有一次快要收攤前，來了位日本大哥，買了兩張明信片三百元日幣卻給我一萬元大鈔，好在那天生意還算不錯，身上夠錢找他。

「一、二、三、四、五、六、八、九、十……」咦，奇怪怎麼我剛用中文數是九張，用日文數卻會數到十？原來是有數字障礙的我弄丟了日文的七!!

「哈哈哈哈哈哈！」黃昏的歸途前，客人和我都哈哈大笑了起來。

於是我決定用英文再次小心翼翼地數好了九張千元鈔票給他。

井之頭恩賜公園裡人來人往的手作市集之道，再往前走一些還有表演的市集，像是行動藝術、說書人、魔術表演等等。下圖：我的小攤，全部的東西都是「裝在」腳踏車上騎過來的喔！

公園的其他展出藝術家們也都很親切，大家經營著各式各樣不同的創意手工小攤，有賣回收玻璃瓶再加以改造變成奇形怪狀小花瓶的老頑童伯伯，只要有婆婆阿姨來他都會舌燦蓮花地把人家捧得如天女下凡似的。

不管多熱的天氣都是鴨舌帽襯衫背心，加上牛仔褲皮鞋裝扮的歐洲工匠大哥，他總是安靜地坐在自己帶來專屬座椅上釘釘打打，為客人製作專屬的首飾配件。

做手工帽的鄰家大姐板橋桑，每頂帽子都充滿了她的巧手惠心，而且我最喜歡跟她「比鄰而攤」了，有一次客人實在是太少了，閒著沒事她還教起我跳芭蕾，然後兩個人揮一揮天鵝的翅膀，居然客人就上門來了。

還有因為同一所學校畢業而格外照顧我的佐分利桑，她的寫生插畫就像民歌一樣清新，透過她我認識許多其他的展出者，很多都是已經在這裡好幾年的大前輩，例如常常苦口婆心鼓勵我要常來展出的青木伯伯，沒記錯的話，他應該已經有十年的資歷了，他做的是立體活動木頭卡片，每當有小孩子經過他攤位，他就會站起來拉動卡片的機關拉繩：「哇啦啦，大章魚張開了嘴巴，咖哩好辣！好辣！」

逗得小孩子和爸爸媽媽都哈哈大笑，「有一次有個小孩還哭著死活都不要離開我的攤位咧！」伯伯慈祥又滿足地說著。

開放的公園裡也常常流連著固定的不速之客，「請問昨天是你嗎？」同樣的問題從第一攤問到最後一攤，「蛤，什麼？」不明究裡的新展出者一旦認真地回答了之後，就會開始沒完沒了的無邏輯鬼打牆談話。輪到我被問到時，「蛤」字還沒講完就被帽子姐姐找藉口拉到了旁邊：「對付這種人，只要找機會落跑就行了。」我才明白原來是怎麼一回事啊。等躲過了風頭，回到自己的攤位，看著已經「出巡」到遠方攤位的不速之客，又很想湊過去看看熱鬧哈哈。

在這裡展出的藝術家中，也有一些和我一樣是外國人，據我所知的就有土耳其和泰國人。而每當有台灣的觀光客經過我的小攤時，要是我開口跟他們「相認」，總是會惹得他們嚇得起雞皮疙瘩：「嚇!!怎麼會有台灣人！」

而因為露天的關係，大家都被訓練得很會看季節和天氣的臉色了。青木伯伯和老頑童因為都上了年紀，一年只出現於春、秋兩個的季節。秋天是最宜人的，公園

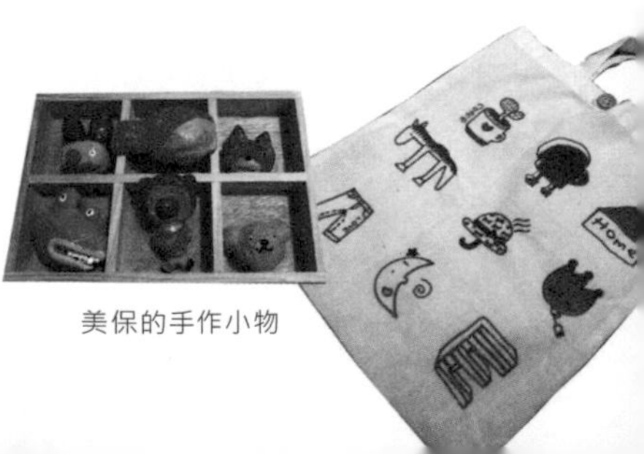

美保的手作小物

的人潮也最多；春天雖然還有點冷，但是也還過得去。不過櫻花開時因為公園開放給民眾花見（注：在櫻花開時，坐在樹下野餐），所以能擺攤的假日不多（公園管理局是有明訂擺攤日曆的）；冬天的話，就真的是不太適合老人家了。而且客人路過了也只想趕快回家，那時擺攤也常只是在寒風中白白受凍罷了；夏天是最可怕的了！大家都說炎炎夏日的市集是「忍耐大會」。我曾不信邪地挑戰過一次，當下就火速決定明天起開始放暑假好了！至於變化多端的天氣，前輩們也各有一套「特異功能」來應付。我就曾在看到了平時優雅的帽子姐姐突然神速地收好東西、騎著腳踏車飛奔而過的半小時之內，因為收攤動作太慢而在回家的路上，被突如其來的大雷雨淋成了落湯雞……

還有看似熙熙攘攘、人潮絡繹不絕的公園，但是「日本的經濟是真的很不景氣」大家都看荷包看得好緊喔！有時反正閒著也是閒著，展出者常常空著自己的攤子，四處去溜達串門子（攤子），佐分利桑在湖岸旁吹起口琴與另一位展出者的吉他合奏，我跑去找帽子姐姐閒聊，老頑童不知道跑哪裡去了？青木伯伯好像去表演區聽小提琴的演奏去了……

天氣好的日子，陽光灑在樹影間搖曳，家人野餐在天倫之樂間，天鵝船裡的戀人、湖面舞台上悠哉滑翔的鴨子，狗狗和小孩四處奔跑嬉鬧……下次想去日本吉卜力美術館的朋友們，回程時不彷試著走回井之頭公園，逛逛市集吧！應該可以「巧遇」幾位書中的人物喔。

櫻花開時的井之頭公園

「永遠不要放棄成為更好的人」之路

我曾經以為，日本代表著我的夢想，不在日本，就畫不了畫了，回台灣等同放棄。就好像過了十二點的灰姑娘，沒有了魔法的加持，醒來時發現這都是一場夢，抖一抖身上的灰依然風塵僕僕；又或者我只是一頭披著日本夢的狸貓，回來就被打成原形了……一位在日本時一路支持我的朋友看了我的新書企畫後說：「可以感受到妳開心地站在雲端，跟失落地跌在谷底的感覺！」

說得好哇！回想這五年，我似乎就只是不斷地在「站在雲端」跟「跌在谷底」……只是其實認真想想，每一次好像都因此前進了一點點，又或者感覺到，自己正在

「變成更好的人的路上」。

我是真的相信，只要每一刻我們都有在努力讓自己變得更好，即使當下現實得不到預期的回報，生命將會以不同的形式，回饋給我們意想不到的驚喜。

就像「不管在哪裡我都不想放棄」，這是我回來之後才找到的答案。還有也許我當初執意地往日本走去，卻忘記了自己應該成為一座橋。連接著日本和台灣、夢想與現實，藉由自己的故事和畫作，帶給一些人力量。

最後謝謝耐心看完這本書的你，謝謝日本所帶給我的美好，以及書裡書外所有的相遇、幫助、支持和包容。

附錄／美保的雜用情報

about Art

應有盡有的東京大型畫材店

日本由於市場夠大，所以有台灣沒有的大型畫材連鎖店。主要的兩家為「世界堂」和「yuzawaya」。商品舉凡文具事務用品、畫材、DIY工具材類到畫框應有盡有。「yuzawaya」有的分店還賣布和手工藝的毛線等等。雖然它的分店比較多，不過我還是比較喜歡世界堂，因為它的會員卡年限是兩年，除了可享有八折優惠之外，每次購物還可以直接拿到下次就可以使用的回饋金單子，讓常需要補充畫材的我著實省下了不少荷包。

世界堂的蒙娜麗莎會員卡

各式各樣的插畫、繪本比賽面面觀

日本大部分的比賽都是需要報名費的，所以這曾經深深苦惱過我的問題，可不是亂槍打鳥就可以解決的。以下介紹幾個比較「經濟」的公募比賽（三菱的公募和講談社的繪本新人賞已介紹過就不談了）。

TIS東京插畫家協會公募

這是東京最知名的插畫家團體了，每年都會舉辦一次公募，得獎者除了可以成為會員（日本很多現役的插畫家都是他們的會員），還可以在其網站上放上自己的作品、資料等進行個人宣傳，另外也會舉辦受獎作品展覽會，算是東京插畫家出道的登龍門。

THE CHOICE 玄光社 illustration 雜誌誌內公募

插畫家的上司就是出版社的編輯們，參加由雜誌社舉辦的公募可以累積相關人脈，也許工作馬上就上門了也不一定。

玄光社的THE CHOICE大概每三個月舉辦一次，每次都會邀請業界不同位置的名人來擔任評審，有時是裝幀家或插畫家、又有時則是平面設計師。同時評審過程也都會被全程採訪，並揭載在雜誌裡。這樣的方式讓讀者可以從評審的角度去看作品，這對插畫家是很有幫助的一件事。

月刊MOE的誌內繪本公募

《MOE》是對繪本有興趣的人每月必讀的雜誌，幾乎每一個月都會舉辦簡單的公募，只要畫四幅有故事關聯的插畫，附上解說文字即可。雖然沒有獎金，但是得獎了可以得到畫材當獎品，更重要的是作品會被登在雜誌曝光，如果有被出版社相中了，也許就真的可以出版繪本了也不一定喔。

義大利波隆納插畫比賽

這個比賽是國際性的，相信很多朋友已經很熟悉它了。總而言之它只需要畫好五幅不用太大的作品，附上英文文案解說故事，寄到義大利參加就可以了。二〇一二年我在日本看原畫展時，看到我們的台灣之光——鄒駿昇的特別展，也覺得特別與有榮焉，反正免費，請大家多多參與，爭取發光發亮的機會！

TIS東京插畫家協會公募
http://www.tis-home.com/
報名費單件2000日幣

THE CHOICE玄光社 illustration雜誌誌內公募
http://www.genkOSha.co.jp/il/choice
報名費單件1100日幣

月刊MOE的誌內繪本公募
http://www.moe-web.jp/writer/school/illust-school-youko.html
免費參加

義大利波隆納插畫比賽
http://tkbi.myweb.hinet.net/
免費參加

（如有變更·請以網站最新公告為準）

作品裝框學問大

猶記得有陣子作品裝框讓我十分頭大時，到畫廊去看展若遇到藝術家本人，總是會認不住問：「請問這（用手指著框）多少錢？」有次就被誤會是問畫作多少錢，我還白目地指正說：「……我是問框。」現在想來真是太失禮了。不過也讓我得到不少情報，以下為各位介紹作品裱裝的三條路。

wey1 品質高但價格也高的專門店訂作

日本和台灣都有職人（師傅）開的

的專門裱框店，可以為作品量身訂做適合的框，通常品質有一定的保證，但是我在日本和台灣卻各有過一次不是很滿意的經驗，因此在日本有需要的朋友，我推薦一家吉祥寺附近的小店——Da Raccana。老闆是一對很親切的夫婦，也許跟他們說是台灣的蔡桑（SAI）介紹的，會有特別的優惠唷。

wey2 網路訂購方便又便宜

在東京要辦畫展時，23幅作品都花大錢訂作框我可吃不消，所幸我發現了這個網站——www.art-maruni.com。它是一家不在東京都的大型緣額畫材店，網站做得十分完整又很容易入手，線上直接下單後也可以提供貨到付款的服務，一次買超過日幣一萬圓還免運費，這樣就不用大老遠去把又大又重的框扛回家了，重點是品質也十分不錯唷，要是台灣也有類似的公司就好了，拜託大老闆們加油！

wey3 巷街畫材店撿便宜

除了前面兩條路之外，三不五時逛逛大的或小的畫材店都會有一些特價品、甚至是二手古物攤等等，如果剛好有找到適合的作品的框的話，那就真的的是撿到寶啦！

藝術家養成／哪些日本雜誌推推推

日本的圖書館非常發達，像我住的地方可以利用到三間的圖書館，而且藏書都非常豐富，雜誌也很新。我的定期藝術情報基本上就是從那裡來的。以下介紹兩本美保常看、台灣又買得到的日本雜誌（日本雜誌專賣店或信義、敦南誠品等，另外《MOE》前文提過就不介紹了）。

美術手帖

如雜誌名，是本較偏美術性的雜誌，每期有不同的主題特輯，或訪問當紅的藝術家、或從即將盛大展開的藝術活動切入、快到畢業季時就從各個面向介紹藝術的相關工作，不管是藝廊經理人、美術館策展人，以至燈光音響的展示工程師等等，除此之外，揭載的大量展覽公募情報也十分實用。

BRUTUS

BRUTUS是一本把時尚精神無限延伸到生活的各個層面，已不只是是時尚的時尚雜誌。有時整本談論咖啡，有時帶你去宮崎駿的工作室屋頂花園案內……雜誌裡的照片和編排都充滿了上級的設計感，當然更遑論強大編輯群的精彩文字。

東京·我的畫畫之路

TOKYO • MY PAINTING WAY

美保實踐夢想的日本五年奮鬥記

作者　蔡美保
責任編輯　蔡曉玲
行銷企畫　高芸珮·顏妙純
封面設計　好春設計·陳佩琦 / 蔡美保
插畫、視覺設計　蔡美保

發行人　王榮文
出版發行　遠流出版事業股份有限公司
地址　臺北市南昌路 2 段 81 號 6 樓
客服電話　02-2392-6899
傳真　02-2392-6658
郵撥　0189456-1
著作權顧問　蕭雄淋律師
法律顧問　董安丹律師

2014 年 05 月 31 日 初版一刷
行政院新聞局局版台業字號第 1295 號
定價 新台幣 300 元 (如有缺頁或破損 · 請寄回更換)

ISBN 978-957-32-7423-0
遠流博識網 http://www.ylib.com E-mail: ylib@ylib.com

國家圖書館出版品預行編目 (CIP) 資料

東京·我的畫畫之路 / 蔡美保著.

-- 初版 . -- 臺北市 : 遠流 , 2014.06

面 ;　公分

ISBN 978-957-32-7423-0(平裝)

855　103008741